사랑의 세계

사랑의 세계

이희주 소설

스위밍꿀

차
례

탐정
010야기

내가 동경에 간 건 순전히 목란선녀의 예언 때문이었습니다. 그해 나는 스물여섯으로, 돌아보면 어렸는데 스스로는 이미 늙었다고 생각하고 있었습니다. 너무 늦어 기회는 없고 한 번의 실수로 나락으로 떨어질까봐 두려워했죠. 그래서 아무것도 하지 않은 채 시간만 보냈습니다. 그게 가장 확실한 추락인 걸 알면서도요.

대학을 나왔지만 그뿐이었습니다. 일도, 하고 싶은 것도 없었지요. 보통은 자거나 잠이 오길 기다렸고 갑갑한 날엔 무작정 걸었습니다. 운동이 보람 있는 사람도 있다던데, 딱히 그렇진 않더군요. 아마 죽을 만큼 열심히 하지 않아 그랬나봐요.

당시 내가 가진 기쁨이라곤 이따금 만나는 자두라는 노견뿐이었습니다. 처음엔 자두도, 나도 서로를 무시했는데 어느 날 자두가 내 냄새를 맡은 뒤로 우린 친구가 되었습니다. 손을 내밀면 자두는 안개 낀 눈을 하고 킁킁대다가 나인 걸 알아채면 미친듯이 핥았습니다. 축축하고 비린내가 나던 자두. 아주 무덥던 어느 날 이후 자두는 공원에 나오지 않았습니다.

나는 미래를 생각하면 자다가도 벌벌 떨었습니다. 하루에도 몇 번씩 꿈을 꾸었는데, 모두 해몽책의 가장 나쁜 페이지에 나올 법한 내용이었습니다. 높은 산으로 둘러싸인 마을에서 좀비에게 쫓기거나, 계단에서 미끄러지거나, 접시를 깨거나, 잇몸에선 이가, 머리에선 머리카락이 뭉텅 빠지는 꿈이었지요. 마지막 꿈은 거의 예언이어서 그맘땐 아침마다 베개 위에 떨어진 수북한 머리카락을 보곤 했습니다.

그게 다 운명을 거스르고 있어서라고 목란선녀가 말했습니다. 나는 휴대폰을 귀에 바싹 대고 조마조마한 심정으로 귀를 기울였습니다. 한동안 혼잣말로 중얼거리던 목란선녀가 불쑥 외쳤습니다.

"올해 안에 비행기 타야겠는데?"

"예?"

"해외로 나가야 한다고."

뭔 개소리냐 싶었죠. 그때까진 여권도 없었거든요. 용하다고 들었는데, 괜히 생돈 날렸다 했습니다. 그런데 며칠이 지나도 그 말이 떠나지 않는 겁니다. 올해 안에, 해외로, 나가야 한다…… 고민하다 일본에 가기로 했습니다. 일본에 대해 아는 건 별로 없지만 장벽이 낮아 보였거든요. 일단 거리도 가깝고, 문화도 비슷하고요. 영어는 잘 못하지만 국문과를 나와 어느 정도 한자를 아는 데다 (좀 웃긴 소리지만) 일본인 평균 키가 작다는 것도 선택의 이유가 되었습니다. 혹시 싸움이라도 나면 큰일이잖아요.

나는 단어를 외우다 지치면 거울을 보며 싸움 잘하는 자세를 연습했습니다. 간단해요. 무릎을 살짝 구부린 채 눈은 정면을 응시한 다음 양팔을 옆구리에 붙여 방어하고 한쪽 주먹은 뺨에, 다른 쪽 주먹은 턱 옆에 두고 자신감 넘치는 소리로 "와라!"라고 외치는 건데…… 정말 바보 같은 짓이었죠. 자세가 문제가 아니라 싸움이 나면 주먹을 휘두르기도 전에 강제 귀환이니까요.

약간의 돈과 불안을 빼면 맨몸이었습니다. 그렇지만 떠난다고 생각하니 한편으론 마음이 편하기도 했습니다. 비행기표도 특가로 잡고, 때마침 할인하는 방도 찾

앉지요. 돌이켜보면 무서울 정도로 일이 술술 풀렸지만, 아무것도 의심하지 않았어요. 모든 게 운명이겠거니 싶었으니까요.

식구들은 바쁘고, 친구들은 은둔생활에 연락이 끊긴지 오래라 공항엔 혼자 갔습니다. 괜찮다고 생각했는데 이륙하는 순간 창피할 정도로 눈물이 나더군요. 괜히 감상에 잠긴 척, 창밖을 내다보며 볼을 문질렀습니다. 그러고 나니 미친듯이 졸리더라구요. 꾸벅꾸벅 졸다가, 비행기가 거칠게 흔들려 눈을 떴을 땐 이미 해가 지고 있었습니다.

그 풍경을 잊을 수가 없네요. 처음엔 그게 뭔지 알 수 없었어요. 단지 구름이 아주 많다는 것만 알았지요. 그러다 천천히 분홍색이 되었고, 금방 컴컴해졌어요. 그리고 세상이 뒤집힌 것처럼 중간에, 주황색 선이 죽 가있는 것도 보였습니다. 선 위와 아래는 검었죠. 하나는 땅인 것 같았는데, 다른 하나는 뭔지 알 수 없었어요. 비행기가 어디 있는지, 구름 위인지 아래인지도 알 수 없었죠.

그날은 동경역 근처 캡슐호텔에서 자고, 다음날 열쇠를 받아 집에 들어갔습니다. 벽에 흰 칠을 한 이층 건물로, 현관에 '호박마차ヵボチャ馬車'라고 쓰인 작은 팻말이

붙어 있었습니다. 여성 전용 셰어 하우스에 걸맞은 달콤한 이름이었지만 그걸 보자 엉뚱한 말이 떠올랐습니다.

— 내가 〈신데렐라〉를 찍는다면 호박마차에서 시체가 발견되게 하겠다.

히치콕이었지요. 순간 목란선녀의 예언이 틀린 건 아닌가, 하는 불경한 생각이 들었지만 어쩔 수 없었습니다. 모아둔 돈은 다 썼고, 적어도 이고 지고 온 고추장과 된장은 먹고 가야 했으니까요. 너무 큰 걸 사서 결국엔 버리고 왔지만요. 그렇게 될 줄 알았다면 일찍 한국으로 돌아왔을까요? 아닐 거라고 봅니다. 어떤 일은 실패를 알면서도 하게 되니까요. 그게 관성이든, 예언 때문이든, 우주적인 운명에서든 말입니다.

*

나는 곧장 일을 구했습니다. 돈도 없었지만, 그보다는 목란선녀의 지시 때문이었습니다. 그는 나보고 평생 일을 해야 하는 팔자라고 했습니다. 그래야 고통스럽지 않다고요. 그 말을 전하자 엄마는 한숨을 쉬었지만 어쩔 수 없었습니다. 그렇다고 다시 뱃속으로 기어 들어가 천운의 때에 맞춰 태어날 순 없잖아요.

처음엔 옷가게에 이력서를 넣었습니다. 두 명의 일본인과 함께 면접을 봤는데 내게만 질문을 적게 하는 게 느낌이 영 좋지 않았습니다. 예상대로 떨어졌지요. 잡화점 면접 때도 마찬가지였습니다. 두 군데의 카페에선 답장조차 오지 않았지요. 나는 시내에서 일을 구하는 걸 포기하고 동네 편의점에 이력서를 넣었습니다. 거긴 항상 직원 모집 공고가 걸려 있었거든요.

첫날 쉬는 시간에 사장이 이런저런 얘기를 들려주었습니다. 고등학생 때 수학여행으로 한국을 갔다는 것과 (들어보니 올림픽도 전의 일이었습니다. 물론 서울올림픽이요) 동창 중 야키니쿠집을 하는 친구가 있다는 얘기였습니다. 요코하마에서 장사하는 친구는 못 본 지 수년은 된 듯했고, 김포에 착륙해 부산과 경주를 거친 여행은 큰 인상을 남기지 않은 듯했지만 사장의 얘기는 꽤 흥미로웠습니다. 그때 일본은 부자 나라였고, 난 돈 많은 사람 얘기를 좋아하거든요. 가난 얘긴, 글쎄요, 마늘 같죠. 어디에나 잔뜩 있는데 굳이 들을 필요는 없잖아요.

나는 사장의 고교 시절을 상상했습니다. 비행기를 타고 김포에 내린 까까머리가 맡은 건 아주 다른 땅의 냄새였을 겁니다. 불고기와 잡채를 먹을 생각에 군침을 삼키는 친구, 옆 반 여학생의 새로운 모습에 들뜬 친구, 멀미도 나지 않는지 조용히 팸플릿만 들여다보는 친구 옆에서 고등학생 오쿠무라는 바다 하나만 건너도 다르다, 세계는 의외로 가까운 곳에 있다…… 그런 생각을 했는지도 모릅니다. 그땐 지금처럼 미세먼지가 없었으니 하늘에 조각구름이 떠 있는 게 보였겠지요. 강물엔 유람선이 떠 있었을 테구요. 저마다 누려야 할 행복이 언제나 자유로운……

"우리 가게는 세계적입니다."

사장이 말했습니다. 무슨 소리인가 했더니 손가락을 꼽으며 가게에 중국인 넷, 스리랑카인 하나, 심야에 일하는 몽골인과 태국인, 그리고 일본인 아버지와 필리핀인 어머니에게서 태어난 고교생 직원과 한국인 둘이 있다고 하더군요. 나 말고도 한국인이 있냐고 묻자 사장이 고개를 끄덕였습니다.

"이 상이라고 있어요. 다음에 같이 일하면 좋겠네요."

그 말을 하고 사장이 말없이 시계를 보았습니다. 어느샌가 쉬는 시간이 끝나 있었습니다. 깜짝 놀라 유니폼을 꿰입고 나가는데 이상하게 가슴이 두근댔습니다.

금방 볼 수 있을 거라고 생각했지만 내가 이 상을 만난 건 한참이 지난 다음이었습니다. 사장에게는 가게가 세 개 있었고 이 상은 본점에, 나는 2호점에 주로 들어갔거든요. 하루는 백룸에서 옷을 갈아입는데, 모르는 사람이 들어왔습니다. 그맘때 자주 결원이 생겨 대타로 온 사람이겠거니 하고 눈인사만 슬쩍 했는데 뒤따라온 점장이 그러더군요.

"오늘은 한국인이 둘이네."

"한국인이세요?"

그 말에 놀라 나도 모르게 한국말로 외치자 눈치 빠른 점장이 되물었습니다.

"뭐야, 둘이 몰라?"

점장이 간단하게 인사를 시켜주었습니다. 여자의 이름은 이지윤이었고, 이번 달부터 이쪽으로 배정되는 날이 많다고 했습니다. 나는 내 이름을 말하고 고개를 꾸벅 숙였습니다. "잘됐네. 같은 한국인끼리." 점장이 가볍게 어깨를 두드렸습니다. 나는 조금 얼굴을 붉혔습니다. 마음 같아선 더 이야기를 나누고 싶었지만 시간이 없어서 쫓기듯 출근 카드를 찍고 백룸을 나섰습니다.

나는 입이 가벼운 타입이 아닙니다. 이따금 과묵하다는 소리를 들을 정도로 조용한 편이지만 특히 우울하게 지낸 지난 몇 년간은 하루에 한마디도 하지 않은 날이 태반이었습니다. 말이 나와 하는 소리지만 나는 사람들이 묵언수행을 하는 게 이상하다고 생각하는 편이기도 했습니다. 뭘 하는 게 어렵지 안 하는 게 어렵진 않았거든요. 하지만 나는 붓다나 초인이 되고 싶은 게 아니었습니다. 그냥 적당히 인간답게 살고 싶었을 뿐이죠. 그래서 입에서 회백색 침이 나오겠다 싶을 땐 빌리 조엘의 〈어니스티Honesty〉를 불렀습니다. 아무 말이나 떠들 순 없으니까요.

그런데 그날은 나도 모르게 지윤에게 자꾸 말을 걸게 되었습니다. 오랜만에 한국어를 해서일까요. 깨진 병에서 기름이 새듯 내 얘기를 줄줄 늘어놓게 되었습니다. 난 스물여섯이고, 일한 지는 이 주가 안 되었고 어쩌고 저쩌고. 보통 그러면 자기 얘기도 할 법한데 지윤은 입을 다물고만 있었습니다. 원래 소심한 사람이 자기보다 소심한 사람 앞에선 대범해지는 법입니다. 혼자 기이한 의무감에 사로잡혀 말을 놓자고 할까? 저녁을 먹자고 할까? 고민하는데 지윤이 어딘지 당혹스러운 표정으로 입을 열었습니다.

"저기,"

"네?"

"죄송한데 일하는 중엔 얘기 안 하는 편이 좋지 않아요?"

그러곤 어린애에게 일 더하기 일은 이라는 걸 가르치

는 듯이 느릿느릿하게 되풀이하더군요.

"그리고 될 수 있으면 일본어 할까요? 일하는 중이잖아요."

그 뒤로는 말 그대로 일만 했습니다. 원칙적으론 지윤의 말이 옳았으니까요. 내 나름대로 손님이 없고, 점장이 자리를 비웠을 때만 말을 걸었지만, 그애가 불편하다면 불편한 거죠. 그래도 떠날 땐 제대로 인사를 하려나 싶어 일부러 기다렸는데 지윤은 다른 사람에게 하듯 고생하셨습니다, 한마디만 하고(그것도 일본어로 하더군요) 뒤도 보지 않고 나갔습니다. 내가 뭘 어떻게 한 것도 아니고, 그냥 말이나 트고 지내자는 거였는데 그걸 보니 구애를 거절당한 것처럼 민망하고 화도 나더군요.

그러니 내가 하우스 앞에서 지윤을 만났을 때 얼마나 놀랐는지는 말 안 해도 아실 겁니다.

"여기 사세요?"

장을 보고 왔는지 흰 봉투를 들고 있는 지윤이 반가워서 툭툭 쳤더니 그가 기절할 것처럼 눈을 크게 떴습니다. 나도 모르게 변명하는 투가 나왔습니다.

"저도 여기 살아요. 여기…… 104호요."

"아, 예. 그럼 전……"

"저기, 시간 되면 나중에 밥이라도 먹어요."

지윤은 내 말은 듣는 둥 마는 둥 하더니 후다닥 신을 벗고 이층으로 올라갔습니다. 도망치듯 재빠른 움직임에 나는 어리둥절한 기분이 되어 천천히 방으로 들어갔습니다. 먹다 남은 도시락을 데웠지만 입맛이 없었습니다. 미적지근한 단무지를 버리고 잠자리에 눕자 노래가 저절로 흘러나왔습니다.

따스함을 얻는 일은 그리 어렵지 않아 그냥 사랑하며 살면 돼 하지만 진실을 구하는 건 정말 힘든 일이야 항상 찾기 힘든 바로 그건 어니스티 참 외로운 그 말 거짓된 세상 속에서 으어어니스티 정말 듣기 힘든 말 네게 듣고픈 한마디…… 옆방 사람이 벽을 내리쳤습니다. 나는 깜짝 놀라 벌레처럼 몸을 우그러뜨렸습니다.

"미안합니다."

그 말을 뱉자 갑자기 귀 옆으로 눈물이 또르르 굴러갔습니다. 징징대지 말자. 나는 베개에 얼굴을 문지르며 굶어 죽는 사람들을, 팔다리가 잘린 소년병과 부러진 손톱으로 벽에 유언을 새기는 정치 사범을 생각했습니다. 그 사람들에 비하면 나는 무척 행복한 사람이었습니다. 조금 춥지만 지붕이 있는 방도 있고, 일자리도 있고, 내일 먹을 음식도 있었죠. 그러자 심장에 사는 작은 인간이 문을 열고 나와 빈정거렸습니다. 크리스마스에 록펠

러센터 아이스링크에서 스케이트를 타는 연인을 생각해. 롯폰기 고층 아파트에서 반짝이는 동경만을 내려다보는 사람을 생각해. 뜨거운 접시를 앞에 두고 내가 부자가 아니라 우리 할아버지가 부자야, 라고 눈물을 흘리며 고백하는 사람과…… 네 미래를 생각해. 그래도 네가 행복할까?

나는 그 자식을 살살 불러 팔다리를 포박한 다음 마룻바닥에 얼굴을 짓이겼습니다. 나는 행복하다! 나는 행복하다! 나는 행복하다! 세 번을 왼 뒤에야 넝마쪽이 된 난쟁이는 엉엉 울며 돌아갔습니다. 나는 겨드랑이에 흐르는 식은땀을 닦으며 키를 잡았습니다. 물결은 잔잔했고 멀지 않은 곳엔 오늘밤 정박할 꿈의 나라가 보였습니다. 캡틴! 괜찮습니다! 전망은 밝습니다! 온몸의 세포가 오두방정을 떨었지만 나는 조용히 시가를 물고 먼바다를 바라보았습니다. 나처럼 숙련된 패배자는 아무리 고요한 바다라도 쓰나미의 씨앗을 품고 있다는 걸 잊지 않는 법이거든요.

*

그날 이후 지윤과 사적인 얘기를 나눈 적은 없습니다.

될 수 있으면 일본어로 대화를 나눴고 한국어를 할 때는 존댓말을 했습니다. 그건 예의도 뭣도 아닌 거리감의 표현이었지만 사람들은 지윤과 내가 친하다고 생각했습니다. 만약 무인도에 갇혀야 한다면 나는 지윤이 아닌 다른 외국인 직원을 고를 텐데요. 그들이 할 줄 아는 말이라곤 대개 어서 오세요, 감사합니다, ××엔입니다와 너를 지키기 위해 나는 이 세계에 태어난 거야……뿐이었지만요.

하지만 나 역시 사회적 동물이라 다른 직원들의 기대에 맞춰 지윤과 어울렸습니다. 가끔은 내 쪽에서 먼저 농담을 던질 때도 있었고요. 그러나 연극은 우리 둘이 남겨진 순간 막을 내렸습니다. 내가 달뜬 숨을 고르고 있으면 지윤은 비품을 채운다느니 하며 서둘러 자리를 비웠습니다. 이상한 소리지만 같은 집에 산다는 게 우리를 더 어색하게 한 것 같았습니다.

하지만 우리의 애매한 관계도 머잖아 끝났습니다. 지윤이 일을 그만둔다고 했거든요. 그 말은 곧 한국으로 돌아간다는 뜻이었습니다. 그걸 알고 나니까 나를 대하는 지윤의 뜨뜻미지근한 태도도 이해되었습니다. 떠나는 판국에 새 친구를 사귀어봤자 짐만 되지, 뭐가 더 되겠어요.

어느 주말 밤 회식이 있었습니다. 점장은 나의 환영회를 겸하는 거라고 했지만 누가 봐도 그날의 주인공은 지윤이었습니다. 나는 반쯤 투명인간이 되어 지윤의 개인기를 지켜보았습니다. 그렇습니다. 정말 개인기라고밖엔 할 수 없는 사회성 높은 대응이 이어졌습니다. 그 때문인지 그 자리의 몇은 지윤에게 호감을 갖는 듯했습니다. 내 눈엔 그냥 짧게 잘랐네, 싶은 숏컷도 아마 그들에겐 히로스에 료코 풍으로 보였겠지요.

일차가 끝나고 자리를 옮기게 되었습니다. 내일 일찍 출근한다는 핑계로 일어나는데 놀랍게도 지윤이 함께 일어섰습니다. 지윤은 아쉬운 소리를 하는 사람들을 익숙하다는 듯 웃으며 내쳤습니다. 다시 보자는, 기약 없는 인사를 나눈 후 멀어지는 사람들을 보며 지윤이 한숨을 쉬었습니다.

"갈까요?"

그 말을 하던 지윤의 얼굴은 전구가 뚝하고 꺼진 듯 그늘져 있었습니다.

굴다리를 통과하자 먹자골목의 소란이 꿈인 것처럼 조용했습니다. 바람이 등을 떠밀었고 역사 스피커에서 또박또박한 음성으로 오늘의 운행이 종료되었다는 안내가 반복해 나왔습니다. 조그만 스낵바 안쪽에서 마담이 턱을 괴고 채널을 돌릴 뿐, 불이 켜진 창도 없었습니다. 우리 두 사람을 제외하곤 사방에 개미 한 마리도 보이지 않았습니다.

그런데 잠시 뒤, 먹먹해진 귀를 뚫고 발소리가 들렸습니다. 힐끗 돌아보니 키가 작은 남자가 서 있었습니다. 처음엔 가는 방향이 같구나, 하고 무시했는데 점점 등골이 오싹해졌습니다. 횡단보도를 건너고, 몇 개의 모퉁이를 돌았는데도 같은 방향일 가능성이 얼마나 될까 싶어서요. 나는 지윤의 귀에 한국어로 속삭였습니다.

"누가 따라오는 것 같은데요."

지윤이 돌아보지도 않고 대꾸했습니다. "니카이도 상이에요. 같이 일하는."

그 말을 듣자 테이블 맨 끝 구석에 앉아 있던 사람이 떠올랐습니다. 고민이 있는 것처럼 인상을 쓰고, 맥주를 독주처럼 삼키던 사람이었지요.

딴에는 기사도를 발휘하는 듯 거리를 둔 채 우리를 따라왔습니다. 그런 게 달가울 때도 있고 나대네? 싶을 때도 있는데 그날은 후자였습니다. 특히 그가 옆이 아닌 뒤에서 몰래 쫓아온다는 점이 가장 기분 나빴습니다. 나는 엉덩이가 좀 큰 편이라, 늘 뒷모습에 신경이 쓰였거든요. 다행히 불쾌함이 살의로 바뀌기 직전 〈호박마차〉가

보이기 시작했습니다. 나는 약간 안심하며 뛰듯이 걸어 현관에 도착했습니다. 주머니를 더듬거리며 열쇠를 찾는데 발밑에 그림자가 드리웠습니다. 니카이도였습니다. 괜히 민망해 지윤의 얼굴을 보았지만, 그앤 니카이도를 알은척도 안 했습니다.

"얼른 들어가요."

지윤의 재촉에 나는 문을 열었습니다. 들어가기 직전, 니카이도를 향해 고개를 숙였지만 그는 지윤을 보느라 내가 뭘 하든 신경도 쓰지 않았습니다. 나는 기분이 나빠 문을 세게 닫은 뒤 지윤에게도 인사를 않고 내 방으로 들어갔습니다. 일층 창가 옆을 한동안 서성이던 그림자는 한참 뒤에야 발소리를 내며 멀리 사라졌습니다.

나는 드러누워 잠을 자려 노력했습니다. 그럴수록 등 밑에 콩 하나가 깔린 것처럼 잠이 오지 않았습니다. 뜨거운 차를 마실까 지금 자면 다섯 시간은 잘 수 있어…… 네 시간을 잘 수 있어…… 그렇게 헤아리다가 음악이나 들을까 내일은 손님이 많을까 지윤의 방은 어떨까 이층은 오르내리기 번거롭겠지 지윤과 니카이도는 왜 그렇게 싸가지가 없는 걸까 둘은 무슨 관계일까…… 이런저런 생각을 하며 간신히 잠이 들려는데 갑자기 무언가 스쳐지나갔습니다. 아무리 여기 사람들이 한국인들보다 체구가 작아도 그걸 이제 알아챘다는 게 이상했습니다. 그건 술 탓이고, 밤 탓이었습니다. 술집의 조도가 지나치게 낮은 탓이었고, 열 중 아홉이 피우던 담배에서 피어오르던 연기 탓이기도 했지요. 하지만 그보다 중요한 건 그가 다른 사람에게 그렇게 보이고 싶어해서였습니다. 그러니까, 남자처럼요.

니카이도는 여자였습니다.

*

니카이도의 집은 〈호박마차〉의 반대 방향이었습니다. 그날 그가 우리를 제딴은 데려다준답시고 쫓아온 건 지윤을 좋아하기 때문이었습니다. 지윤도 그 사실을 아는 것 같았습니다. 아니, 모두 알았지만 대놓고 말하는 사람은 없었습니다. 보통의 남녀관계라면 장난스러운 놀림과 응원의 대상이 됐겠지만, 아무래도 좀…… 같은 느낌이 있었거든요. 다들 예의를 차리는 듯했지요.

하지만 그 사랑도 끝이었습니다. 지윤은 곧 돌아갈 테고, 이곳과 바다 너머는 삶과 죽음만큼 멀리 떨어져 있으니까요. 그 탓인지 가끔 보는 니카이도의 얼굴은 비참할 정도로 일그러져 있었습니다. 타인의 사랑이 늘 그렇듯 우습기도 했지만, 솔직히 말하면 그의 쓸쓸함이 이해가 되지 않는 건 아니었습니다. 지윤은 내가 한국어로 이야기할 수 있는 유일한 사람이었으니까요. 이따금 늦은 저녁 작은 빛이 반짝이는 창을 올려다보며 집으로 향할 때면, 나는 저 중 어느 게 지윤의 방일까 생각하다가 묘한 애수에 잠기기도 했습니다. 그앤 이미 떠났을 텐데요.

다행히 내겐 머잖아 친구가 생겼습니다. 못 보던 얼굴이 세탁기 앞에 한참을 서 있길래 빤히 보자 그가 기대에 찬 표정으로 물었습니다. "혹시 한국 분이세요?" 그 말을 듣자 내가 무척 외로웠다는 걸 알아챌 수 있었습니다.

우리는 빨래가 돌아가는 동안 내 방에서 차를 마셨습니다. 여자의 이름은 지헌으로, 얼마 전 이층에 새로 들어온 한국인이었습니다. 내겐 그를 초대한 것이 타지살이의 외로움에서 비롯한 충동이었지만 그에겐 당연한일 같았습니다. 한마디로 넉살이 좋더라구요. 그는 곧장나를 언니라고 부르더니 자기는 대학생이고 졸업을 한학기 앞두고 있다, 취직이 안 될 것 같아서 그냥 도망쳤다 등등 묻지도 않은 얘기를 쏟아내곤 뜬금없이 그러더군요.

"언니, 여긴 만 나이 써서 좋지 않아요?"

다른 사람들처럼 자신이 벌써 늙었다고 생각하는 것 같았지요.

지헌은 착하고 좋은 사람이었습니다. 좀 깔끔을 떨긴 했지만요. 한번은 멜론이 싸게 나왔길래 한 통 산 적이 있습니다. 막상 집에 들고 와서 보니 좀 크기도 하고, 나눠 먹으면 좋겠다 싶어 깍둑썬 걸 지헌의 방에 들고 갔죠. 문을 여니 지헌이 걸레질을 하고 있길래, 딴은 배려한다고 침대 위로 올라가서 기다렸는데 어느 순간 보니 지헌의 표정이 좋지 않았습니다. 놀라서 무슨 일이냐고 조심스레 물었더니, 갑자기 얼굴이 빨개지면서 그러는 겁니다.

"언니, 죄송한데 발 좀 씻고 와주시면 안 될까요?"

거기까지만 해도 충분한데 자기도 민망한지 한마디 더 덧붙이더군요. "제가 체취에 민감해서요."

그 일로 어색해지진 않았습니다. 그날 내가 맨발에 운동화를 신긴 했었거든요. 마트는 집에서 오 분도 안 걸리고, 장을 보는 데는 삼십 분도 안 걸렸지만…… 그게 뭐가 중요하겠어요. 냄새…… 같은, 그런 지적을 받은 건 오랜만이랄지, 실은 처음이라, 뭐랄까, 인간으로 까발려진 것 같은 기분이 들었지만요.

그래서 지헌이 청소 아르바이트를 구하려고 했을 때

그럴 법하다는 생각이 들었습니다. 물론 놀라지 않은 건 아니었지만요. 까놓고 말해 청소부가 스타벅스 파트너는 아니잖아요. 지헌은 매일 청소업체 사이트를 들락거렸습니다. 괜히 나 혼자 안타까워 편의점은 어떻냐고 물으니 자긴 일본어를 못한다면서 거절하더라구요. 나도 못한다고, 돈 받고 건네기만 할 줄 알면 된다고 했더니 웃기만 했고요. 더 뜯어말려봤자 괜한 참견만 될 것 같아 입을 다물었지요.

그러나 청소일을 구하는 것도 말처럼 쉽지는 않은 듯했습니다. 어떤 곳에선 마흔 이상의 여자만 찾았고 어떤 곳에선 스물다섯 이하의 여자만 찾았습니다. 어떤 곳은 최저시급도 못 맞췄고 또 어떤 곳은 지나치게 높아 수상했고요. 결국 지헌은 고르고 고른 끝에 남자 사장이 운영하는 한인 민박(말은 그렇지만 불법 에어비앤비 같더군요)에 연락을 했습니다. 처음엔 좋다고 웃으며 나가더니, 며칠 있지 않아 얼굴이 하얗게 질려 돌아와 방문을 잠그고 엉엉 울더라구요. 무슨 일이 있었을까, 대충 짐작은 갔지만 아무 말 하지 않았습니다.

대신 상상의 배 위에서 회칼로 친 민박 사장을 갑판 아래로 처넣었습니다. 거기선 우리 배의 밀항자─병원 놀이를 하자던 ×××, 나를 때린 ×××, 내 지갑을 훔쳐

간 ×××가 껌처럼 눌어붙어 죽어가고 있었지요. 난쟁이가 힐끔 문을 열고 내다보더니 중얼거렸습니다. 또 망상에 빠졌구나. 어차피 저 새끼들 다 두 다리 뻗고 잘 살고 있다고……

나는 곧장 난쟁이를 상어밥으로 던졌습니다. 푸른 바다에 피거품이 보로로 올라오는 걸 보니 통쾌했지만 내심 난쟁이의 말이 옳다는 걸 알았습니다. 조금 착잡했지요.

다시 편의점 일을 추천할까. 간단한 접객 용어를 적어 줘야겠다, 그런 생각을 하며 잠을 설쳤는데, 다음날 노크 소리에 문을 여니 지헌이 피비린내가 나는 봉투를 들고 활짝 웃고 있었습니다. 순간 죽였나? 하는 말도 안 되는 생각(누굴?)이 들었는데, 지헌이 방문을 비집고 들어오더니 춤을 추었습니다. 얼결에 같이 손을 잡고 한참 제자리를 뱅글뱅글 돌고 나니 얼굴이 빨개진 지헌이 쌕쌕대며 웃었습니다.

"언니, 저 내일부터 일해요."

"예?"

"그, 역에 가는 길에 모텔 많잖아요. 거기, 문 옆에 청소부 구한다고 해서 들어갔더니 내일부터 오라던데요?"

순간 덜컥 겁이 나더군요. 애가 말도 못하는데, 좀 이상한 데 당한 게 아닌가 싶어서요. 그러나 지헌은 웃으며 고개를 저었습니다. "에이, 제가 그렇게 바보겠어요? 내일 올 때 재류 카드 복사본이랑 도장을 가지고 오래요. 그냥 사람이 급한가봐요." 그 말을 듣자 여전히 미심쩍긴 했지만 조금은 안심이 되었습니다. 그런 걸 요구하는 걸 보면 최소한 불법은 아니겠구나 싶어서요.

우리는 지헌이 합격 턱으로 사온 고기를 먹었습니다. 팬이 워낙 작았던 탓에, 밥공기를 들고 부엌에 서서 자글자글 튀는 기름을 맞으며 쌀밥에 삼겹살을 밀어넣는데 지헌이 잘 먹다 말고 엉뚱한 소리를 하더군요. 아무래도 일본어를 못해서 붙은 거 같다고요. 그게 무슨 소린가 싶어 물으니 지헌이 목소리를 낮췄습니다.

"여기 사람들은 사생활을 중요하게 생각하잖아요. 그래서 직원들이 말을 엿듣고 그럴까봐 외국인을 좋아하는 거 같아요. 그렇다고 너무 까마면 좀 그러니까……"

지헌이 어깨를 으쓱했습니다. "무슨 말인지 아시죠?"

좀 그렇다는 게 뭔지…… 말이 좀 그렇긴 했지만 어쨌든 잘되었다고 했습니다. 민박에서 혼자 일하는 것보단 모텔에서 여럿이 일하는 게 더 안전할 것도 같았고요.

하지만 역시 일은 쉽지 않은 듯했습니다. 주말에 대청소를 하고 있는데 누군가 문을 두드리는 소리가 들렸습니다. 지헌이었습니다. 오전 내내 자고 일어났다고 하는 데도 얼굴은 병든 노인처럼 어두컴컴했습니다. 뭐라도 먹여야 할 것 같아서 입맛이 없다는 지헌을 끌고 나와 밥을 사준 뒤, 한결 얼굴이 뽀얘진 그앨 카페로 데려갔습니다. 끝이 뾰족한 생크림이 올라간 딸기케이크를 조심조심 파먹으며 일은 좀 어떤지 묻자 지헌이 포크를 내려놓더니 한숨을 푹 쉬었습니다.

"언니, 사람들 너무 추잡스러운 거 같아요."

예상했던 답이라 크게 놀라지 않고 고개를 끄덕였습니다.

"알아요. 전기포트로 속옷도 삶는다면서요."

그러자 지헌이 고개를 저었습니다. 그게 아니라 요즘은 그냥…… 포르노를 처음 본 남중생이 된 것 같대요. 전철을 기다리다가도 아, 저 사람도 혹시? 마트에서 줄을 서다가도 아, 저 사람도 혹시? 이런 생각이 든다면서요. 콘돔이 나오는 건 당연했지만 요거트와 마요네즈와 핫소스는 왜 나오는지 알 수 없었고, 한번은 꽤 많은 양의 피가 묻은 시트를 보고 놀라서 얼어 있는데, 같이 일하는 분(필리핀에서 온 아주머니였는데)이 아무렇지 않게 시트를 걷어내면서 이렇게 말했다더군요. Let it go. 지헌이 얼굴이 빨개져 외쳤습니다. "아니, 엘사도 아니고 그게 뭐냐고요."

지헌은 잔뜩 흥분해 얼굴을 모르는 고객들 욕을 했습니다. 고개를 주억대며 들어줬지만, 정말이지 별달리 할 말이 없었습니다. 원래 인간이 그렇게 생겨먹은 걸 내가 어떡할 순 없잖아요. 대신 케이크 위에 하나밖에 없는 딸기를 주고, 돌아가는 길엔 아이스크림도 사주며 지헌을 달랬습니다.

하지만 그 뒤로도 지헌은 퇴근 후 곧장 내 방으로 들어와 욕을 한 바가지 퍼붓다 돌아가곤 했습니다. 가끔은 분에 못 이겨 씨발! 하고 외치며 발을 쾅쾅 구르기도 했고요. 쟤 저러다 무슨 사고 치는 거 아니야, 걱정했는데 월급날이 되자 지헌은 순한 양이 되었습니다. 정말 깜짝 놀랐습니다. 어느 정도라도 돈을 쥐여주면 사람은 고분고분해지더라구요. 그게 자기의 정당한 노동의 대가라도요. 게다가 지갑에 여유가 생기자 노느라 딴생각할 틈도 별로 없었습니다.

우리는 지극히 이십 대다운 일을 했습니다. 오모테산도에 가서 팬케이크를 먹거나, 지유가오카의 편집숍에서 공짜 향수를 듬뿍 뿌리거나 시부야의 클럽에 갔습니다. 사실 클럽에 간 건 처음이라 좀 겁을 먹었는데, 막상 가보니 외국인을 제외하곤 춤을 추지 않는 분위기라 그냥 멀뚱거리다 나왔습니다. (말하다 보니 우리가 진짜 후진 데를 갔을 수도 있다는 생각이 드네요……)

대신 그다음부터는 지헌이 좀더 좋아졌습니다. 나도 숙맥이지만 걔는 한술 더 뜨더라고요. 지난번 일도 있고, 짚이는 구석이 있어 만나는 사람은 없냐고 물었더니 아니나 다를까 자길 좋아하던 사람은 있었지만(이걸 굉장히 강조했습니다), 딱히 누굴 만나거나 한 적은 없다고 하더군요. 그제야 지헌의 묘하게 아이 같은 구석이 이해 갔습니다. 남들이 볼 땐 나도 똑같을지 모르겠지만요.

호스트한테 명함을 받았던 게 생각나네요. 신주쿠에서였습니다. 정확히는 명함이 아니라 겉면에 가게와 본인 이름이 적힌 휴대용 티슈였는데 안 그래도 필요했는데 잘됐다, 하고 내민 손을 지헌이 탁 쳤습니다. 이게 뭔, 피아노 선생님 같은 짓이냐 싶어 어리둥절해하고 있는데, 지헌이 어차피 아무도 못 알아듣는데 목소리를 낮췄습니다.

"언니, 그러다 큰일나요. 호스트 때문에 자살하는 사람들 있는 거 몰라요?"

그날 우리의 목적지는 유명 소설가가 단골로 다녔다는 재즈 찻집이었습니다. 가파른 계단을 내려가, 허리가 개미처럼 가는 마담에게 맥주를 한 잔씩 주문하고 나서도 나는 영 심란한 마음을 감출 수 없었습니다. 난 싸구려 호스트한테 홀랑 넘어갈 정도로 분별력이 없지 않거든요. 미남을 감별하는 능력은 수준급이라고 자부했고요. 그런데 각다귀 같은 호스트 앞에서 지헌이 치를 떨며 조심하라고 한 이유가 내가 구리기 때문인 것처럼 느껴졌습니다. 이 나이 먹도록 연애 경력도 변변찮은 데다, 옷도 거지같이 입고 다녀서요.

어느새 퇴근시간이 되었는지 찻집 안은 흰 셔츠를 입은 중년 남자들로 가득찼습니다. 대부분 머리통이 벗겨지기 시작한 남자들은 이게 어디 스튜디오에서 녹음을 했느니, 몇 년도 실황이니 하는 곰팡내 나는 소리를 마담에게 떠들어댔습니다. 도대체 뭘까. 나는 역겨움과 존경이 뒤섞인 마음이 되어 남자들을 빤히 보았습니다. 저 다채롭게 못난 늙은 남자들을 지탱해주는 건, 돈일까? 권력일까? 어쨌든 둘 다 내게 없는 것만은 분명했습니다. 나는 맥주를 꿀떡 삼키고 속으로 혼잣말을 했습니다. 지헌 씨, 걱정 말아요. 호스트한테 털리고 싶어도 털릴 밑천도 없으니까는……

그렇게 혼자 음울한 상념에 빠져 있는데 지헌이 맥주 거품을 훌쩍 빨아들이더니 말했습니다. "아, 맞다. 언니, 그러고 보니까 우리집에 이상한 사람 있는 거 알아요?"

그 말을 듣자 멜랑콜리한 재즈 찻집에 다다미 네 개짜리 〈호박마차〉가 이끌려 왔습니다. 여기까지 와서 그런 소릴 해야겠어? 싶었지만 자학에 빠져 있나 푸념을 듣나 그게 그거라 되물었습니다.

"누구요?"

"이층 사는 사람인데. 아, 이상한 건 아니고, 굳이 따지면 더러운 건데 어떻게 할지 모르겠어요."

요약하자면 이상한 냄새를 풍기는 여자가 있다는 거였습니다. 방을 안 치우는지 문 앞엔 각종 털이 수북하고 가끔은 생리혈인지 뭔지도 바닥에 뚝뚝 떨어져 있다는 겁니다.

"그게 누군데요?"

"몰라요. 아마 204호 아니면, 205호 같은데. 둘이 방문이 붙어 있어가지고…… 언니는 못 느꼈어요?"

"제가 비염이 있어서."

"그게, 음, 설명하기가 어려운데, 무슨 생선 썩는 냄새 같기도 하고, 약간 피비린내 같기도 하고……"

"말해봤어요?"

"아니요. 몇 혼지 확실하게 모르니까. 다짜고짜 뭐라고 할 수도 없고."

때마침 공기를 뚫고 힘찬 트럼펫 소리가 밀려왔습니

다. 지헌은 무언가 더 말하려고 하다가 입을 다물고 맥
주를 홀짝였습니다. 나는 음악에 귀를 기울이는 척 팔
짱을 끼고 몸을 뒤로 젖히며 안도의 한숨을 쉬었습니다.
지헌이 저렇게 난리를 쳐도 막상 이층에 가면 페브리즈
냄새(물론 지헌이 뿌린 거죠)만 날 게 분명했거든요. 깨
끗한 게 나쁜 건 아니지만 그래도 지헌은 정도가 지나쳤
죠. 그러나 그앤 내가 자기 생각을 하는 걸 아는지 모르
는지, 맥주를 홀쩍홀쩍 마시다가 프레첼을 아작아작 씹
어 먹다가 다시 목을 빼고 가게 안을 살폈습니다.

"언니, 근데 우리 몇시쯤 갈 거예요?"

들어온 지 얼마 되지도 않았는데 보니까 잔과 접시가
텅 비어 있었습니다.

"어, 잘 모르겠는데…… 뭐 더 시킬까요?"

"아니, 그냥요."

지헌이 고개를 젓고는 손가락으로 접시에 남은 소금
부스러기를 찍어 먹었습니다. 잠시 뒤 재즈 가수의 영혼
을 토해내는 소리를 가르고 그가 큰 소리로 외쳤습니다.

"그런데요, 언니, 여기 담배 냄새 너무 심한 거 같지
않아요?"

그로부터 얼마 지나지 않아서였습니다. 할인 초밥을

사와서 코가 찡하게 와사비를 찍어 먹는데, 밖에서 기묘한 냄새가 났습니다. 말캉한 한치가 점액질의 토막 난 살처럼 느껴질 정도로 지독했죠. 한소리해야겠다 싶어 냄새를 따라가니 204호와 205호가 맞닿아 있는 모퉁이가 나왔습니다. 때마침 방에서 페브리즈를 들고 나오는 지헌과 마주쳤습니다. 내가 한 손에 젓가락을 든 채 냄새가 나서요, 라고 어물거리자 지헌이 씩 웃었습니다. "이제 알았어요? 그래도 지나면 좀 익숙해져요."

우리는 조향사처럼 킁킁댔습니다. 오늘은 향수 냄새랑 누린내가 난다고, 지헌은 말했지만 내겐 페브리즈에 얇게 싸인 지린내와 젖은 빨래 냄새가 났습니다. 그러나 그 모든 냄새를 압도적으로 누르고 우리의 코를 찌른 건 짐승의 것이라고 해도 좋을 강렬한 체취였습니다. 솔직히 말하면 한시라도 빨리 여성의학 전문의의 도움이 필요한 듯했죠.

"누군지 모르니까 뭐라고 할 수도 없고." 지헌이 부엌 창을 열어 환기를 시켰습니다. 그걸 보고 있는데 문득 좋은 생각이 났습니다.

"그러면 쪽지를 남겨보는 건 어때요?"

"쪽지요?"

"누군지 쓰지 말고. 그냥 냄새나니까 깨끗이 치우라

고만 써봐요."

그날 저녁, 게시판에는 한 장의 경고문이 붙었습니다. 히라가나로만 쓰인 짧은 글은 "당신은 더럽습니다. 냄새납니다. 청소해라"라는 내용(이게 전문입니다)으로 꾸미는 말이 없어 강하게 느껴졌습니다. 단지 일본어가 서툴 뿐이었는데, 그 탓에 여차하면 싸우겠다는 의지도 감돌았지요.

"이제 됐겠죠?"

지헌은 그것만으로 문제가 해결된 듯 뿌듯해하며 방으로 돌아갔습니다. 그러나 난 이상하게 불안해서 자기 전까지 이름 모를 인물과 싸우는 상상을 했습니다. 캡틴 머리칼을 잡아요! 아니요, 뺨부터 쳐요! 선원들의 열렬한 응원으로 시작된 경기는 내가 그레코로만 레슬링의 5점짜리 던지기 기술로, 시공 삼십 년이 넘은 목조건물인 주제에 방 한 칸에 월세를 6만 엔이나 받는 이 집의 마룻바닥을 부수며 입주민의 갈채를 받는 것으로 끝이 났습니다. 공공질서의 수호자인 지헌과 나를 사람들이 헹가래 쳤습니다. 우리는 위로, 위로 올라갔습니다. 사람들이 개미처럼 까마득하게 작아졌습니다. 갑자기 등골에 오싹 소름이 돋아 돌아보니 지헌은 사라지고 없었습니다. 나는 배에 힘을 주고 소리를 질렀습니다. 저기요, 누구 안 계세요? 그러자 멀리서 공이 날아왔습니다. 반사적으로 잡고 보니 그건 지윤의 머리였습니다.

　나는 비명을 지르며 깼습니다. 무서운 것보다, 오랜만의 꿈이 뭐 이따위냐 싶어 기분이 더러웠습니다. 한동안 심장이 떨려 뒤척이다가 간신히 바로 누웠습니다. 다시 졸음이 밀려오고 파도가 치고 바다 안쪽으로 깊이, 깊이 가라앉는데 멀리 올려다보이는 수면 너머로 희미한 빛이 보였습니다.

　문득 둘 중 하나가 지윤의 방이라는 생각이 들더군요.

*

날이 가자 일이 손에 익었습니다. 묻는 일도 적어지고, 단골손님과는 인사도 트게 되었지요. 그러나 가끔 미끄러지듯 내가 한국인이고, 여자라는 걸 깨달을 때가 있었습니다. 주문한 명찰이 나와 가슴에 달았더니 그런가, 하고 무언가를 깨달은 것처럼 중얼거리는 손님도 있었습니다. 그런가는 무슨 얼어 죽을 그런가야. 속으론 욕을 했지만, 지나치게 친절하거나, 말도 안 되게 무례한 사람들과 계속 만나고 있자니 어느 부분이 깎여나가고 있었나봅니다. 나눠 담을까요? 젓가락 드릴까요? 그런 말을 했을 뿐인데 눈물이 죽 나오거나, 손가락 하나 까딱할 수 없어 굶는 날이 반복되었습니다. 쉬는 날 불도 안 켜고 종일 어두컴컴한 방에 누워 있을 때면 작은 선원들이 눈치를 보며 물었습니다. 캡틴, 돌아갈까요? 그러나 거기 대꾸할 힘도 없었습니다. 내가 할 수 있는 거라곤 그냥 눈을 꼭 감은 채 내일이 없으면 좋을 텐데, 하고 생각하는 것이 전부였습니다.

거기서 헤어 나온 데는 지헌의 도움이 컸습니다. 그는 내가 일만 해서 그렇다며 회식할 때 같이 가자고 나를 꼬셨습니다. 내가 거길 가서 뭘 하냐고 하자 언니들이 궁금해한다고, 그냥 와서 밥이나 먹고 가라더군요. 그렇게까지 말하는데 거절할 순 없었습니다. 얼굴도 모르는 날 신경써준 언니들도 고맙고, 친구도 사귈 겸 겸사겸사 갔지요.

모임 장소는 I역 근처 중국식당이었습니다. 한낮에도 어두컴컴한 골목길 안쪽으로 들어가자, 낮 장사를 하지 않는 술집 틈에서 유리문을 밖으로 열어둔 식당이 보였습니다. 발을 헤치고 들어가자 누군가 유 짱! 하고 외쳤습니다. 어두운 실내에 여자들이 테이블을 붙여 앉아 있었는데 몇몇은 벌써 얼굴이 빨갰습니다.

언니들이 부산스레 일어나 선풍기 옆자리를 비워주

었습니다. 누군가 냉장고에서 맥주와 컵을 가져왔지요. 낮부터 마실 생각은 없었는데, 목이 너무 말라 한 잔을 바로 비우자 골이 띵 울리고 뻣뻣하게 굳었던 혓바닥이 풀리면서 크, 소리가 나왔습니다. 다들 그걸 보고 어찌나 좋아하던지. 이왕 재롱 피우는 거, 한술 더 뜨자 싶어 빈 잔을 머리 위에 대고 털었더니 모두 완전히 자지러지더군요.

요리가 나왔지만 이야기는 끊기지 않았습니다. 다들 일본어는 형편없어도 막히면 다른 사람이 도와주고, 안 되면 휴대폰 통역 앱을 쓰고 하니까 웬만한 건 통했습니다. 보아하니 이런 식의 외국인 모임이 생긴 것도 꽤 오래된 일인 것 같았습니다. 일본인 직원들과 사이가 나쁜 건 아닌데, 어쩌다 보니 같이 어울리지 않는다고 했습니다. 휴게실도 있지만, 청소 도구함에 의자를 가져다 두고 쉴 때가 더 많대요.

"별 뜻 없어. 어쩌다 보니 그런 거지." 친 상이 가볍게 말하자 다들 고개를 끄덕였습니다. 그러자 내겐 어두컴컴한 중국식당이 비밀 조직의 아지트처럼 느껴졌습니다.

그날 내 옆에 앉은 사람은 에이샤였습니다. 에이샤는 모임에서 지헌과 함께 유일한 이십 대이자 미혼이었습니다. 첨엔 유학생인가 했는데, 집안 식구들이 전부 이

주했다고 했습니다. 개중 큰아버지는 모텔이랑 붙어 있는 할랄 마트에서 일하셨고요. 내가 커리를 좋아한다고, 한국에서도 자주 먹었다고 하자 에이샤가 괜찮은 레토르트 브랜드가 있다며 나중에 같이 사러 가자고 했습니다. 그 자리에서 번호도 주고받고, 나름대로 친구가 되었지요.

모임은 해가 질 무렵 끝났습니다. 걸어가는 동안 하나둘씩 조명이 켜졌습니다. 라멘집의 열린 창으로 뜨거운 김이 올라왔고, 술집 마사지바 편의점 초밥집 중화요리점의 간판 위로 낮달의 모서리가 짙어졌습니다. 식당에서 나온 이후 지헌은 말없이 걷기만 했습니다. 붉은 얼굴이 술에 취했다기보단 이상하게 부끄러워하는 것처럼 보였습니다. 말을 걸까 하다 딱히 할말도 없어서 눈에 보이는 간판을 읽었습니다. 처음엔 더듬더듬 읽게 되던 게 이젠 익숙했습니다. 신인 대거 고용! 올해 3월 고교 졸업! 이자카야 주류 무제한 3980엔…… 높은 구두를 신은 여자가 장대에 올라선 것처럼 휘청이며 지나갔습니다. 문득 지헌이 고개를 번쩍 들고 물었습니다.

"언니, 우리집 사는 일본인들이요. 왜 사는 걸까요?"

무슨 말인지 이해가 안 가서 되물었습니다.

"왜라뇨?"

42

"아니, 그렇잖아요. 우리야 외국인이라 그렇지만 좀 나쁜 집이잖아요. 시설도 그렇고, 사고 보험도 없고."

들고 보니 좀 희한하더라구요. 비자 문제에, 보증인 없는 우리야 그렇다고 쳐도 일본인이 굳이 불편함을 감수하며 셰어 하우스에 살 필요는 없었거든요. 어디서 본 게 생각나서 말했어요. 보험이 안 되는 회사에 다니는 사람은 집을 구하기 어려운 것 같다구요. 지헌이 고개를 끄덕이다가 갑자기 내 말을 툭 잘랐습니다.

"근데요 언니, 실은 이런 얘기를 들은 적이 있어요. 이메쿠라*イメクラ* 같은 데 다니는 사람들이 셰어에 많이 산다고요."

"이메쿠라요?"

"이미지 클럽이요. 왼쪽, 왼쪽."

지헌이 앞을 보며 말했습니다. 등을 긁는 척 슬쩍 돌아보니 웬 가게 앞에 교복 입은 애들이 몰려 있었습니다. 드문 풍경은 아니었죠. 다른 점이 있다면 그중 하나가 시간당 얼마라고 적힌 패널을 들고 있었다는 정도일까요. 일 초 정도, 그 사람과 눈이 마주쳤습니다. 부끄럽다고 할지, 순간 당황스러워서 나도 모르게 고개를 휙 돌렸습니다. 지헌이 태연한 척 앞만 보고 걸으며 중얼거렸습니다. "멀쩡하게 생겨서. 왜 저러는 건지 모르겠어요."

그럼 어떻게 생겨야 저런 일을 하는 건지…… 알 수 없다고 하면 거짓말이고 지헌의 말을 이해했습니다. 왜냐면 잠깐 눈이 마주친 그 사람 역시 멀쩡하다는 표현이 제일 잘 어울렸으니까요. 또 괜히 나서서 남 걱정하는 성격이 발동하더군요. 일본어에 조금만 자신이 있었어도 가서 말을 걸었을지 모릅니다. 이 더위에 나와 있는 걸 보면 지명도가 높은 건 아닌 듯한데…… 같은 개고생이라면 편의점은 어떤지…… 아니면 카페나 마트는 어떤지…… 널린 게 일자리인데……

다음날은 오후 근무라 늦잠을 자고 일어났습니다. 열한시쯤 어슬렁대며 씻으러 나섰더니 샤워실 문을 열고 지헌이 나왔습니다. 붐빌 시간도 아닌데, 이층 샤워실은 어쩌고 여기 있냐고 물으니 지헌이 어색한 미소를 지었습니다. 그 사람이랑 같은 샤워실을 쓰는 게 찝찝해서 왔다고요. 그 정도면 결벽증이다, 싶었지만 이해가 안 가는 건 아니었습니다. 왜 그런 거 있잖아요. 뭔가 무섭게 꺼림칙하다 싶은 거. 그날 일하는 내내 나는 어린 시절 또래들 사이에서 인기 있던 괴담 모음집을 떠올렸습니다. 친구네 집에 딱 한 권 있는 걸, 놀이를 하다 좀 심심해질라치면 서로 머리를 맞대고 탐욕스럽게 읽다가

44

도 어느 순간 도망치듯 집으로 돌아와 비누로 박박 손을 문질러 닦던 기억이 납니다. 내용이 좀, 애들이 보기엔 그랬거든요.

예컨대 이런 이야기가 있었습니다. 세상에서 가장 어린 나이에 임신한 쌍둥이의 이야기. 나이가 다섯 살인가, 일곱 살인가 그랬는데 똑 자른 단발머리에 똑같은 하늘색 원피스를 입은 여자애 둘이 아기를 안고 있는 사진이 실려 있던 게 생각납니다. 이웃집 소년이랑 소꿉놀이를 하는데 그애가 진짜처럼 하자고 그랬대요. 그 밖에 머리카락이 자라는 인형이나, 잘린 머리를 모셔둔 신사가 있다는 내용도 기억납니다. 모두 일본을 배경으로 한 이야기였죠.

지금 생각하면 일본에서 온 번역서라 그랬던 것 같은데, 그땐 그것도 모르고 일본을 무척 무섭고 기이한 나라라고만 생각했습니다. 그 탓에 꽤 자랄 때까지 일본을 생각하면 오래된 책 냄새라고만은 할 수 없는, 먼지 냄새 같기도, 땀냄새 같기도, 젖은 시멘트 냄새나 지하방의 곰팡이 냄새 같기도 한 찝찝한 뭔가가 떠올랐습니다.

퇴근 직전 들어온 손님이 성인잡지 네 권을 건네기에, 반투명 봉투를 두 장 겹쳐 담아주고 나니 일이 끝났습니다.

묘하게 지쳐 옷을 갈아입으러 백룸으로 들어가려는데 자동문이 열렸습니다. 반사적으로 어서 오세요, 외치며 돌아보니 에이샤가 있었습니다. 놀라고 반가워 어쩐 일이에요? 물으니 에이샤는 오늘 잊었어? 라며 두 눈을 깜빡였습니다. 그제야 할랄 마트에 가기로 약속했던 것이 떠올랐습니다. 나는 금방 오겠다며 백룸으로 들어갔습니다.

우리 둘은 한정으로 나온 레몬 파운드케이크를 반씩 쪼개 먹으며 거리로 나갔습니다. 한참 무어라 떠들던 에이샤는, 내가 말이 없는 게 이상했던지 일이 많이 힘드냐고 물었습니다.

"그렇기도 한데요……"

나는 망설이다 같은 외국인이니 괜찮겠지 싶어 두서없이 이야기를 늘어놓았습니다. 별생각 없이 살다가도 이따금 불안하다고. 그런데 이게 내가 외국인이어선지, 아니면 후드를 뒤집어쓴 채 계속 혼잣말하는 단골을 마주치거나 보란듯 유부녀 특집 성인잡지가 널려 있는 분위기 탓인지 모르겠다고. 게다가 괜히 지헌이 오버하는 바람에 옛날에 본 책 내용까지 떠올라 더 찝찝하다는 얘기까지.

내가 그렇게 말하자 에이샤가 맞장구쳤습니다.

"이 동네는 특히 그래. 무슨 일이 일어날 것 같단 말이지."

나는 역 앞의 패널을 든 여자들을 떠올리며 고개를 주억거렸습니다.

그날 우리의 목적지인 할랄 마트는 모텔과 딱 붙은 건물에 위치해 있었죠. 외벽에 때가 잔뜩 낀 칠층 건물의 사층에 있었는데, 위아래 층이 전부 여자가 나오는 가게였고요. 때마침 엘리베이터 문이 열리고 한 여자가 음울한 하늘 아래로 또각또각 걸어 나왔습니다. 우리는 어색한 공기 속에서 기를 쓰며 할 수 있는 한 큰 소리로 커리 이야기를 떠들었습니다. 보는 사람도, 찔리는 것도 없었는데 그랬습니다.

마트 안엔 세 사람이 있었습니다. 하나는 노인으로 창 옆에 둔 의자에 앉아 밖을 보고 있었고, 다른 하나는 가벼운 셔츠 차림의 남자로 카운터에 서서 통화를 하고 있었습니다. 다른 남자는 냉동고 안에 언 고기를 채우고 있었고요.

"사장이 있어." 에이샤가 내 귀에 작게 속삭였습니다. 그러곤 통화중인 남자에게 인사를 하고 눈치를 살피더니 냉동고 안으로 반쯤 몸을 집어넣은 남자의 어깨에 조심스레 손을 올렸습니다. 그가 에이샤의 큰아버지였습니다. 에이샤는 큰아버지에게 살짝 눈짓을 하곤 나를 노인 곁으로 데려갔습니다. 기척을 내자 멍하니 앉아 있던 노인이 에이샤와 나를 번갈아 보며 무어라 말했습니다. 에이샤가 고개를 끄덕이고 길게 대꾸했습니다. 그러자 노인이 한 손으로 내 손을 턱 잡고는 다른 손으론 내 어깨를 두어 번 도닥이다 주머니에서 뭔가를 꺼냈습니다. 갈색의 말린 열매였습니다. 에이샤가 열매에 붙어 있던 푸른 실오라기를 떼어주었습니다.

"맛있어. 먹어봐."

노인에게 손을 잡힌 채 어깨를 잔뜩 구부리고 열매를 입에 넣자 어금니 옆에서 신침이 핑 돌았습니다. 씩 웃으며 고개를 끄덕이자 푸른 안개가 낀 노인의 눈에 다정함이 감돌았습니다. 에이샤가 그러더군요. 몸은 괜찮은데 가끔 오락가락한다고요. 그 탓에 집에 둘 수도 없어, 사장의 허락을 받아 큰아버지와 함께 마트에 나온다고 했습니다.

"그래도 여기가 나아. 집에만 있는 건 고통이야."

"산책이라도 하면 좋을 텐데요."

"길이 어려워서…… 한번은 잃어버린 적도 있어. 이틀 뒤에 라멘집에 줄 서 있는 걸 찾았지."

"놀랐겠어요. 경찰에 신고는 했고요?"

"음, 뭐……"

에이샤가 말끝을 얼버무리더니 뜬금없이 창밖을 가리켰습니다.

"보여? 저게 우리 할아버지 기쁨이야."

갑자기 무슨 소리람 싶었지만 에이샤를 따라 창밖을 내다보았습니다. 그러자 시야에 열린 창이 걸렸습니다. 흰 타일과 청록색 문, 대걸레가 보이는 걸로 보아 청소도구함인 것 같았습니다. 저게 무슨 기쁨이라는 건지 의아해하는데 에이샤가 말했습니다.

"저기가 내가 쉬는 휴게실이야. 가끔 저기 서서 안녕, 하고 인사해."

그러자 모든 게 이해되었습니다. 노인이 종일 창가에 있는 건 광합성이 필요하기 때문이었습니다. 이따금 손을 내밀어 인사를 하는 모텔의 청소부 손녀가 그의 햇살이었구요.

옛날 생각이 나더군요. 어릴 때 우리집은 언덕 위에 있었습니다. 내리막길 끝엔 내가 다니던 초등학교가 있어서, 운이 좋은 날엔 일하러 언덕길을 걸어 내려가는 엄마가 보였지요. 내가 부러 미적대며 교실 창가에 서 있으면 어떻게 알았는지 엄마는 부르지 않았는데도 내게 손을 흔들어주었습니다. 그럼 왜 그리 가슴이 터질 것 같았는지. 그게 아마 엄마가 칼국숫집에서 일하던 때였을 거예요. 엄마를 뺀 나머지가 전부 중국에서 온 여자들이라고 했는데 엄마는 그게 무섭다고 했습니다. 쉬는 시간에 자기들끼리 중국말로 떠드는데, 내 욕을 하는지 뭔지 알 수가 없다…… 그러면서요.

건너편의 열린 창 안으로 사람이 들어오는 게 보였습니다. 낯익은 모습에 벌어진 내 입에서 "어라?" 하는 말이 나온 순간, 에이샤가 일어나 불투명한 유리창을 반쯤 밀어 닫았습니다.

"누가 왔다."

그러자 실내가 살짝 어두워졌습니다. 에이샤가 노인의 손을 살짝 쥐었다가 자리에서 일어났습니다.

우리는 간단하게 마트 구경을 하고 헤어졌습니다. "저녁 같이 먹지." 에이샤가 서운한 듯 말했지만 난 고개를 저었습니다.

"좀 피곤해서요."

"그래. 얼굴색이 너무 안 좋다."

에이샤는 나를 더 붙잡지 않고 놓아주었습니다. 나는 멀어지는 그에게 천천히 손을 흔들어준 뒤 재빨리 집으로 돌아와 방문을 열고 앉았습니다. 서두른 덕에 하우스의 사람들이 퇴근하기 전에 집에 도착할 수 있었습니다.

피곤한 얼굴로 문을 밀고 들어오던 사람들이 모두 신발장 거울에 비친 나를 보고 흠칫 놀랐습니다. 그때마다 태연한 척 인사를 하며 사람들을 살폈습니다. 어쨌든 같이 살고 있으니 대충은 안다고 생각했는데 의외로 낯설었습니다. 저 사람이 저렇게 머리가 길었나, 키가 컸나, 점이 많았나 싶었지요. 아예 처음 보는 사람도 있었고요. 이렇게 가까이 살아도 정말 문 하나 닫으면 모르는구나 싶었습니다.

그렇게 몇 명이 지나간 뒤에 손에 비닐봉지를 든 지헌이 들어왔습니다. 사람들은 놀랄 때 진짜 엄마야, 라는 소리를 내더라구요. 지헌이 가슴을 쓸어내리며 물었습니다.

"언니, 왜 그러고 있어요?"

"그냥요. 더워서. 저녁 먹었어요?"

"더우면 창문을 열지…… 아니요. 이제 먹으려구요. 언니는요?"

"전 먹었어요."

"아, 그렇구나…… 전 아직이라서."

"……"

"그럼 먼저 올라가서 쉴게요."

돌아서는 지헌에게 불쑥 물었습니다.

51

"지헌 씨. 204호나 205호 본 적 없다고 했죠?"

그랬더니 지헌이 별 희한한 일이 있네, 싶은 표정으로 어떻게 알았냐고 되물었습니다. 안 그래도 어제 204호를 봤다는 거예요. 새벽에 화장실 가려고 일어났는데 누가 204호 앞에 있길래 어깨를 딱 잡고 그랬답니다. 니가 자꾸 더럽히고 안 치우는 거냐고.

"그랬더니 뭐래요?"

"노, 그러던데요."

"노요?"

지헌이 약간 수줍은 얼굴로 말했습니다.

"영어로 물어봤거든요. 어차피 일본어 못하니까 기라도 죽일까 싶어서."

"아."

"근데 노라고 하긴 했어도 확신할 순 없죠. 어떻게 거기서 지가 했다고 하겠어요."

"생긴 건요? 생긴 건 어땠어요?"

"어, 그냥 평범했는데……"

"일본인 같았어요?"

"그런 것 같기도 하고. 아닌 것 같기도 하고."

"키는요?"

"글쎄요. 작지는 않았는데."

"……"

"왜요? 누구 짐작 가는 사람이 있어요?"

"아무것도 아니에요."

지헌이 찜찜한 표정으로 돌아섰습니다. 별말 없었지만 분명 이상하다고 생각했을 거예요. 그러나 어쩔 수 없었어요. 마트에서 에이샤가 창문을 밀어 닫기 전, 건너편에서 얼핏 보인 얼굴이 머릿속을 떠나지 않았거든요.

내 눈이 맞는다면 분명 그건 지윤이었습니다.

*

8월이 되자 지금까지는 장난이었다는 듯 날씨가 본격적으로 변덕을 부리기 시작했습니다. 하루는 살이 지글지글 익을 정도로 뜨겁다가, 다음날은 비가 퍼붓듯이 쏟아지는 날이 반복되었습니다. 편의점은 그런 것과 상관없이 늘 청결했지만요. 먹음직한 빵과 치킨 도시락, 딸기 생크림케이크, 푸딩, 슈크림 따위가 나란히 줄 서 있는 모습은 정말 아름다웠습니다. 그 멀쩡한 걸 유통기한이 지났다고 오물처럼 버릴 땐 가슴이 찢어질 것 같았습니다. 오물은…… 애플파이의 열을 흩뜨리거나 유리문에 지문을 남기는 인간이 오물이었는데요.

그중에서도 최고는 니카이도였습니다. 그애가 올 때면 〈센과 치히로의 행방불명〉의 오물신이 등장하는 것처럼 먼 곳에서부터 짙은 안개가 밀려왔습니다. 공기가 몇 그램은 더 무거워졌고요. 하여간 그애는 아무것도 안해도 분위기를 죽이는 데 놀라운 재능이 있었습니다. 그게 표정 때문이라고 판단한 점장이 서비스직에겐 웃는 얼굴이 중요하다며 경고를 줬지만, 막상 억지로 입꼬리를 올리자 고무 마스크를 뒤집어쓴 것처럼 이상해지는 바람에 외려 무섭기만 했습니다. 점심 러시 때에도 니카이도의 담당 카운터에만 은근히 줄이 짧다는 걸 알아챈 매니저가 한숨을 쉬었습니다. 잴 자를 수도 없고, 일손도 달리고. 우리 가게 얼굴도 빠졌는데……

지윤의 얘기였습니다. 어떤 단골은 그 키 큰 여자애는 어디 갔냐고 물어 그만두었다고 하니 발길을 끊기도 했습니다. 시간이 꽤 지났는데도 우리는 이상하게 그애에게 사로잡혀 있었습니다. 나도 예외는 아니었고요.

내가 살던 I역 서쪽 출구 쪽이 슬럼 같다는 얘길했나요? 구질구질하게 하고 다녀서 몰랐는데, 내가 슬리퍼를 끌고 군고구마를 사오던 사거리가 온갖 성매매업계의 캐스팅 장소였습니다. 지헌이 일하던 모텔촌은 여행자가 피해야 할 숙소 제1순위였구요. 어쩐지 근처에 가면 낮부터 늙은 남자와 젊은 여자 조합이 많이 보이긴 했습니다. 그게 효도 관광이라고 생각할 정도로 순진하진 않았지만 어쨌든 놀랍긴 했지요.

그날은 저녁을 일찍 먹은 탓에 약간 출출해져 굴다리를 지나 동쪽 출구에 있는 편의점으로 갔습니다. 조금 멀긴 했지만 여름에도 호빵을 파는 건 거기뿐이라 달리 선택의 여지가 없었거든요. 피자호빵은 먹는 속도가 생명이라, 나는 문을 나오면서부터 호빵을 입에 물었습니다. 땀을 뻘뻘 흘리며 가까운 벽에 기대 늘어나는 치즈를 음미하고 있는데 불쑥 눈앞으로 지윤이 지나갔습니다. 아니, 지윤이 아니었죠. 가슴이 없었거든요. 그렇지만 지윤과 무시무시할 정도로 닮은 남자였습니다. 성이 다른 도플갱어라도 만나면 죽을까, 하는 생각이 들 정도로요.

낮 기온이 삼십칠 도까지 올라갈 정도로 더운 날이었습니다. 밤이라고 해도 열기가 식지 않아 습한 공기가 뜨거웠는데도, 그는 위아래를 온통 검은색으로 빼입고 있었습니다. 머리는 또 얼마나 가관인지. 물들인 갈색 머리를 난초처럼 세운 게 한마디로 그린 듯한 호스트였습니다. 그 곁에는 덥지도 않은지 여자 하나가 넋을 놓고 그의 팔에 매달려 있었습니다.

신호등에 빨간불이 들어왔습니다. 횡단보도 앞에 멈춰 선 그들 위로 빨간 조명이 쏟아졌습니다. 사람들이 하나둘 몰려들자 인파 속으로 난초 같은 머리가 사라졌다, 나타났다를 반복했습니다. 그걸 보고 있자니 갑자기 초조한 기분이 들었습니다. 신호가 노란색으로, 연달아 초록색으로 바뀌자 사람들이 움직이기 시작했습니다. 그와 함께 나도 남은 호빵을 입에 쑤셔넣고 발걸음을 뗐습니다. 나답지 않은 짓을 한 거죠. 그들을 따라간 거예요.

메트로폴리스라는 말에 걸맞은 풍경이 내 앞에 펼쳐졌습니다. 여러 종류의 외국어, 가두연설과 옥외광고의 소음, 군가와 케이팝이 뒤섞여 암호처럼 들리는 거리에서 두 사람은 네온사인을 따라 색을 바꿔 입으며 한 쌍의 담수어처럼 인파 사이를 유영했습니다. 나는 조용히 둘의 뒤를 밟았습니다. 매대의 전자기기를 만지작거리거나 스파 브랜드의 옷을 걸쳐 입어보며 별다른 목적지 없이 역 주변을 빙글빙글 돌던 그들은 한동안 버스킹을 구경하다가 가수가 고환이 잡힌 염소 같은 소리를 내며 노래를 마치자 박수를 치고 자리에서 일어났습니다. 그런 다음 굴다리를 통과해 서구로 간 뒤, 중심구를 벗어나 골목으로 빠졌습니다. 예상하셨겠지만, 거긴 모텔촌이 있는 골목이었죠.

그제야 깨어난 이성이 나를 말렸습니다. 오늘의 모험은 슬리퍼 차림으로 온 도시를 헤매고 다닌 걸로 족하다고요. 나는 집으로 돌아가기로 했습니다. 그러나 가는 길이 같았던 탓에 본의 아니게 자꾸 둘의 뒤를 쫓는 모양이 되었습니다. 물론 앞지를 수도 있었겠지만, 슬리퍼의 밑창이 너무 얇아 속도를 낼 수가 없었습니다. 하는 수 없이 나는 계속 그들과 일정한 간격을 두고 걸었습니다. 이제 와 둘을 방해할 마음은 없었으므로, 발소리는 죽이고 최대한 조용히 걸었습니다.

얼마 후 두 사람은 불쑥 건물 안으로 들어갔습니다. 아주 우연찮게도 그곳은 할랄 마트의 바로 옆 모텔이었습니다. 조금 망설이다 이 정도는 할 수 있지 싶어 할랄 마트에 가보기로 했습니다. 그 사람을 지윤이라고 확신한 건 아닙니다. 하지만 계속 이렇게 찜찜한 기분으로 있을 바엔 제대로 확인하는 게 나을 거 같았습니다.

부러 큰 소리로 인사를 하며 들어갔지만 에이샤의 큰아버지는 안 계셨습니다. 대신 사장이 전화 통화를 하고 있었습니다. 표정을 보니 그는 내가 누군지 모르는 것 같았습니다. 그냥 좀 기운찬 손님인 줄 알았는지 송화기를 막고 곰방와, 하며 인사를 받아주더군요.

나는 찾는 물건이 있는 척 창가로 갔습니다. 그날도 할아버지는 정물처럼 앉아 계셨습니다. 창은 열려 있었지만 모텔과 바투 붙은 탓에 여름밤의 후텁지근한 바람도, 약한 불이 난 듯 일렁이는 가로등 불빛도 미약하게 들어올 뿐이었습니다. 어둠 속에서 할아버지는 깎다 만 조각상처럼 눈을 감고 있었습니다. 그 옆에 쭈그려앉아 목을 뺐습니다. 불이 켜진 청소 도구함이 보이고, 누군가 안쪽으로 들어온 듯 그림자가 드리웠는데, 바로 그 순간 창문이 닫혔습니다. 깜짝 놀라 돌아보니 할아버지가 나를 보고 계셨습니다. 부드러운 눈이 순간 푸른빛을 내며 번뜩 빛났습니다.

"왜요?"

나도 모르게 한국어로 물었습니다.

"왜요? 할아버지?"

할아버지가 눈을 감고 고개를 저었습니다. 무슨 뜻인지 단번에 알았지만 애써 모른 척했습니다.

"할아버지, 죄송해요. 못 알아듣겠어요. 할아버지, 보게 해주세요."

그러나 할아버지는 내 손을 가만히 잡았다가 놓았을 뿐, 말이 없었습니다. 그때 누군가 등뒤에서 말을 걸었습니다.

"무슨 일 있으십니까?"

어느새 통화를 마친 사장이 와 있었습니다. 억양이 좀 독특했지만 완벽한 접대용 일본어였습니다. 나는 벌떡 일어났습니다. 무슨 말을 해야 할 것 같았는데, 마땅한 핑곗거리가 떠오르지 않았습니다. 그래서 그냥 되는대로 지껄였습니다.

"안녕하세요. 에이샤 상의 친구인데, 에이샤 상 있나요?"

"에이샤?"

남자가 고개를 갸우뚱하더니 잠시 뒤 알겠다는 표정을 지었습니다.

"아, 에이샤."

그러곤 나를 위아래로 훑었습니다.

"여긴 없는데."

때마침 뒤쪽 문을 열고 큰아버지가 나오셨습니다. 나를 알아보셨는지 미소를 띠다가, 우리 셋이 어정쩡한 삼각형을 그리고 있는 걸 보곤 어리둥절한 표정을 지으셨습니다. 나는 태연한 척 고개를 숙였습니다.

"안녕하세요. 에이샤를 만나러 왔어요."

다른 건 몰라도 에이샤라는 말은 알아들었는지 큰아버지가 노, 라고 반복하며 양손을 저으셨습니다. 그걸 보니 얼굴이 뜨겁게 달아올랐습니다. 그제야 에이샤 얘기를 해서 무슨 일이 생기는 건 아닌지 걱정이 되어, 주머니를 탈탈 털어 마음에도 없던 양고기를 샀습니다. 사장이 계산을 마치곤 깍듯이 고개를 숙였습니다.

"감사합니다. 또 오세요."

얼른 꺼지라는 소리였죠. 떠밀리듯 나가 엘리베이터를 기다리는데, 빈 상자를 정리하던 큰아버지가 은근히 내 쪽으로 오더니 속삭였습니다.

"아 유 오케이?"

아 정말. 그 집 사람들은 눈이 커서 마음도 넘치는지. 애달파 보일 정도로 걱정이 뒤섞인 갈색 눈을 보니 뭐라 할 수 없는 기분이 되더군요. 나는 간신히 입을 열고 뱉었습니다.

"아임 파인 땡큐, 앤 유?"

그다음 사흘은 쉬는 날이었고, 나흘째에 출근하자마자 스케줄표를 살폈습니다. 니카이도가 혹시 뭔가 알고 있지 않을까 싶어서요. 그런데 아예 달력에서 그애의 이름이 지워져 있었습니다. 알고 보니 그새 일을 그만두었다고 하더군요. 그 성격에 일 구하기도 힘들 텐데. 누군가 중얼거렸지만 그건 내 알 바가 아니었고, 이젠 어디서 지윤을 찾나 울컥 짜증이 치밀었습니다. 하필 필요할 때 없다니…… 그러곤 곧장 그런 생각을 한 자신에게 놀랐습니다. 어머, 나 왜 이렇게 지윤한테 집착하는 거야? 난 레즈비언도 뭣도 아닌데. 학생 때도 누구랑 짝지어서 다닌 적이 없고, 지린내 나는 남자애들의 망상처럼 가슴을 만지고 킬킬대다가 헐떡이는 일도 없었거든요. 가끔 엉덩이를 치긴 했지만 말 궁둥이 치듯 친 거지, 그런 축축한 느낌은 아니었는데……

거기까지 생각이 미치자 머릿속에 어떤 추측이 스쳐 갔습니다. 지윤이 일을 그만둔 건 니카이도를 피하기 위해서가 아닐까? 여자로 있으면 니카이도에게 구애받을 테니 남자인 척을 한 건 아닐까?

그러자 모든 게 이해되었습니다. 송별회 날만 해도 그랬습니다. 아무도 데려다달라고 한 적 없는데 그애가 우릴 쫓아왔죠. 만약 무슨 일이 벌어졌다고 해도 우리가 그애를 지켜줬어야 했을 거예요. 키는 우리 반토막만하면서 주제도 모르고. 지윤이 계속 싫다고, 싫다고 눈치를 줘도 달라붙다니…… 얼마나 징그러워요?

그 뒤로 나는 곧잘 이층에 올라갔습니다. 일층 부엌은 좁고 냄새가 잘 안 빠졌거든요. 또 이층 창에서 내려다보이는 풍경도 좋았고, 나도 입주민인데 못 갈 데 간 것도 아니잖아요. 나는 채소를 볶다가, 부글부글 끓는 물을 들여다보며 달걀이 익기를 기다리다가 이따금 망상에 빠졌습니다. 저 닫힌 문 중 한쪽에서 지윤이 나오면, 그가 놀라기 전에 침착하게 입을 여는 거예요. 지윤 씨. 저 다 알아요. 일 그만둔 것도, 한국에 간 척한 것도 다 니카이도 때문이죠? 이해해요. 걔, 되게 끈질기더라구요······

　며칠 뒤 하우스에서 메일이 왔습니다. 누군가 타인의 방에 침입했으니 문단속을 철저히 하고, 될 수 있으면 자기 층만 사용하라는 얘기였습니다. 누군가 나를 오해한 게 아닌가 싶어 혼자 당황하고 있는데 다음날 또다른 메일이 왔습니다. 놀랍게도 절도 사건이 일어났으니 주의하라는 내용이었지요. 하우스엔 일주일에 한 번 청소 도우미 분이 오셨는데, 누군가 그분의 지갑을 슬쩍했다는 거예요.

　한동안은 분위기가 뒤숭숭했습니다. 다들 불안해하는 것도 있었지만, 그보다 내가 느낀 건 겁먹은 표정 뒤에서 들끓는 기이한 흥분이었습니다. 며칠 전만 해도 고개를 처박고 다니던 사람들이 서로의 뒷모습을 샅샅이 훑고 결정적 단서를 찾기 위해 코를 벌름거리는 모습을 보는 건 기가 막힌 일이었습니다. 다들 미스터리극의 등장 인물이라도 된 듯 들뜬 게 느껴졌습니다. 솔직한 심정으론 나 역시 그랬습니다. 단지 잠만 자게 지어진 이 토끼장 같은 하얀 집이 마치 애증과 피의 드라마를 가진 유럽의 고성이라도 된 듯한 기분이 들었습니다. 지갑을 잃은 도우미 분이 안쓰럽긴 했지만, 왜, 히치콕이 그랬잖아요.

―살인은 즐길 만한 일이다. 심지어 피해자 그 자신에게도.

살인도 그러한데, 하물며 화장실 구석에 처박힌 다 쓴 생리대나 복도에 뚝뚝 떨어진 생리혈이 피의 전부인 이곳에서 절도쯤이야 애들 장난 아니겠어요?

한번은 세탁실에 있는데 두 사람이 내려왔습니다. 이층 사람들인 것 같았는데 털을 쭈뼛 세우고 나를 노려보다가 내가 어색한 영어로 인사를 하자 자기들끼리 떠들기 시작했습니다.

"현관, 맞지?"

"응. 한국인."

"헤. 안 그렇게 생겼네."

"혹시 저 사람이 범인일까?"

"설마. 그럴 배짱 없어 보여."

멍청하긴. 나는 코웃음이 나올 뻔한 걸 간신히 참았습

니다. 영어 한마디 했다고 일본어를 모르는 줄 알다니. 말도 못하면 어떻게 일을 해서 이 어처구니없이 비싼 집세를 감당하겠어요? 그러나 나는 시침을 뚝 떼고 휴대폰만 만지작댔습니다. 둘은 누가 범인일까 추리를 시작했는데, 들어보니 이상한 사람이 한둘이 아니었습니다. 누군 새벽만 되면 복도를 얼쩡대질 않나, 어떤 앤 화장실에서 전골을 끓여 먹질 않나. 남자를 데려와서 자는 애도 있었는데, 그냥 데려온 게 아니라 섹스를 한 눈치더라고요. 그중 하나가 갑자기 목소리를 낮췄습니다.

"그리고 걔…… 같애. 맞지?"

그러자 상대방이 더 물을 것도 없다는 듯이 외쳤죠.

"그거지. 안 그럼 왜 맨날 밤에 나가고 어떻게 그렇게 비싼 걸 입고 다니겠어? 맨날 택시 타고 다니고."

때마침 건조가 끝났다는 알람이 울렸습니다. 나는 최대한 느리게 빨래를 꺼낸 다음 곧장 이층의 지헌 방으로 올라갔습니다. 자다 막 깬 건지, 부은 얼굴의 지헌은 얼떨떨한 표정을 지었습니다.

"그런 일이 있었다고요?"

"그렇다던데요."

"왜…… 왜 몰랐지?"

나는 어깨를 으쓱했습니다. "그럴 수도 있죠."

그러나 지헌은 머리를 감싸 쥐고 왜 몰랐지? 왜 몰랐지? 라는 말만 반복했습니다. 그걸 보니 약간 소름이 끼쳤습니다. 웃자고 한 말인데 지헌은 정말 진지한 문제로 받아들인 듯했어요.

"내쫓아야 하는 거 아니에요?"

"네?"

"그 여자요. 다른 일도 아니고 외부인을 데려온 건 신고해야 하는 거 아니냐고요."

"좀…… 그렇지 않아요? 어차피 우리는 나갈 사람들이잖아요."

그러나 지헌은 내 말이 들리지 않는지 실핏줄이 선 눈을 문지르며 중얼거렸습니다. 이게 뭐예요. 내 집인데 맘 편하게도 못 살고. 사실 내 집은 아니지만 그래도 제대로 쉬지도 못하고…… 진짜 머리 빠개질 것 같애…… 정말 스트레스가…… 이루 말할 수도 없이……

"그냥 넘겨."

이런 얘기를 가만히 듣고 있던 에이샤가 말했습니다. 여럿이 모여 살면 이런저런 일이 생기기 마련이고, 화내면 자기 손해라고요. 에이샤가 여자 기숙사에 살았던 이야기를 들려주었습니다. 우산이나 슬리퍼가 사라지고, 남의 샴푸를 쓰거나, 옷을 꺼내 입거나, 음식을 훔쳐 먹는 건 일도 아니었답니다. 한번은 누가 공용 세탁기에서 깜빡하고 꺼내 가지 않은 빨래를 버려서 머리채를 잡고 싸운 적도 있대요. 공용 공간에 개인 물건을 방치하면 버리는 게 당연하다, 그게 무슨 방치냐 잠깐 두고 잊은 거다, 너는 잠깐이 나흘이냐 그 정도면 옷이 썩는다, 뭐, 그런 말을 하면서요. 그 밖에도 〈왕좌의 게임〉 뺨치는 모략과 배신과 욕망의 대서사시가 이어졌는데 요약하자면 문제 없는 날은 없었다는 얘기였습니다. 에이샤가 팔짱을 끼며 결론을 내렸습니다.

"어쩔 수 없지. 그래도 여자는 괜찮아. 싸워볼 만해."

꼭 체급 비교를 하는 관장님 같은 말투였습니다. 웃음이 났지만 틀린 말은 아니었습니다. 누가 치사하게 남자친구를 앞세운다면 좀 문제가 될 것 같았지만, '싸움 잘하는 자세'라는 궁극의 비기도 있었으니까요. 한국에서 유학 온 격투기 꿈나무인 척하면 어떻게든 되지 않겠어요? 그 얘기를 하자 에이샤가 윙크를 했습니다. "그래. 그런 자세야. 싸우는 자세. 어쨌든 스트레스 받지 마. 스트레스 받는 사람이 지는 거야."

"그게 되나."

지헌이 밀크셰이크를 휘저으며 한국말로 중얼거렸습

니다.

"어떻게 스트레스를 안 받아. 그러다가 무슨 일 생기면 나는……"

에이샤가 궁금한 얼굴로 나를 쳐다보았습니다. 나는 별일 아니라는 듯 웃고 몰래 눈빛을 보냈습니다. 네가 이해해. 쟤, 좀, 알지? 에이샤가 어깨를 으쓱하고 콜라에 공기 방울을 불어넣었습니다. 나 역시 지헌을 무시한 채 딱딱한 피자 끄트머리를 씹었고요. 그래도 은근히 짜증이 나긴 했습니다. 도둑이 오든, 살인마가 오든, 강간범이 오든 현관 앞의 내 방으로 오지 귀찮게 이층까지 가겠어요?

물론 지헌이 신경쓰는 마음을 모르는 건 아니었습니다. 나도 한번은 화장실에 갔다가 방문을 열고 온 게 생각나 문을 열고 똥을 눈 적이 있거든요. 그새 누가 내 지갑을 들고 갈까봐요. 그래도 딱 한 번뿐이었습니다. 지헌의 입장에서는 내가 조심성 없어 보일지 몰라도, 나는 매번 화장실이나 샤워실에 갈 때마다 열쇠로 방문을 잠그고 나오는 지헌이 더 기이하게 보였습니다. 어떻게 그렇게 매번 신경을 곤두세울 수 있을까? 그렇게 남들을 경계하고 살면 사람이 미쳐버리지 않을까요?

지헌은 모든 일에서 미래의 범죄 단서를 찾지 않으면

못 배겼습니다. 우리의 셜록은 전형적인 히스테리 환자로, 방에서 자기 머리카락보다 짧은 게 나왔다고 호들갑을 떨거나, 창밖에서 인기척이 느껴져서 잠을 설쳤다고 하소연했습니다. 기분 탓이라고 달랬지만 내 말을 듣지도 않았습니다. 솔직히 정말 짜증이 났습니다. 뭐 말 같은 소리를 해야 대꾸할 게 아니겠어요. 차라리 창밖으로 지나가던 할머니가 공동묘지가 어디냐고 물어봤다고 하면 웃기기라고 했을 텐데. (그리고 그 방은 아파트 십사층이었다! 우왁!) 우리 엄마가 그랬거든요. 꽃놀이도 한철이라고. 근데 이건 뭐, 매번 앓는 소리를 듣자니 죽겠더라구요.

그날도 셋이 맛있는 거나 먹자고 나온 건데, 덕분에 컵 안의 얼음이 녹기도 전에 기분을 잡쳤습니다.

말을 돌리기 위해 요즘 일하는 건 좀 어떻냐고 물었습니다.

"다 똑같지 뭐." 에이샤가 눈알을 굴렸습니다. 사람들은 평범하게 더럽고, 평범하게 이상한 섹스의 흔적을 남긴다고요. "아, 근데 한번 진짜 미친놈이 왔어. 지헌, 사진 있지?"

"응." 지헌이 처음으로 눈을 반짝이며 휴대폰을 꺼냈습니다. 쟤 또 오버하려나보다 싶어 좀 시큰둥하게 봤다가 깜짝 놀랐습니다. 사진 속 장소는 조그만 샤워실이었는데, 거긴 〈샤이닝The Shining〉의 피의 엘리베이터 신을 똥으로 바꾼 것 같은 장면이 펼쳐져 있었습니다. 그게 꿈이었다면 인생 역전의 실마리였을 테지만 안타깝게도 현실이었습니다. 에이샤가 덧붙였습니다.

"게다가 이건 확실하진 않지만⋯⋯ 누가 휴게실에서 섹스하는 거 같아."

순간 할랄 마트의 창가에서 본 게 떠올라 물었습니다.

"휴게실? 청소 도구함이요? 거기서 어떻게요?"

"나도 모르지."

"안 잠겨 있어요?"

"가져갈 게 있어야지."

방어막이라곤 문에 붙은 '직원 외 출입 금지' 표지판이 전부라는 겁니다. 그래도 그게 꽤 큰 힘을 발휘해 주전부리 따위를 둬도 괜찮았는데, 언젠가부터 작은 쓰레기가 버려져 있다고 했습니다. 다들 한 깔끔 떠는 성격이라(그보다는 친 상이 민감해서) 부스러기 같은 것도 남기지 않았는데요. 그런데 엊그제는 누군가 쓴 휴지가 발견되었다고 합니다. 모텔 쓰레기통을 비우는 게 일인 사람들이 아니더라도 한눈에 용도를 알 수 있는 휴지가요. 그 길로 곧장 사무실로 가 방범 카메라를 확인해달라고 했는데 알겠다고만 하곤 별다른 조치가 없었다고 합니다.

"도둑맞은 것도 아니니까, 별일 아니라고 생각하나봐."

"왜 그러는 걸까요."

에이샤가 한숨을 쉬었습니다. "모르지. 내가 봤을 땐 다 미친 거 같아."

레스토랑을 나오자 어두운 하늘이 보였습니다. 종일 오던 비는 그쳤지만 여전히 흐리고 구름이 많이 낀 저녁이었습니다. 나는 조금 뒤에 떨어져서 오는 지헌에게 손을 흔들었습니다. 지헌 씨! 이리 와요! 내가 부러 과장되게 외쳤지만 지헌은 괜찮다고 중얼거리고는 조금도 거리를 좁히지 않았습니다. 좀 짜증났지만, 그런 사진을 보고 난 다음이라 짠한 마음도 들었습니다. 그냥 제자리를 쓸고 닦는 것만으로도 허무한데 그런 똥밭을 치워야 한다니 갑자기 그애가 안쓰럽게 느껴졌습니다.

에이샤가 내 쪽으로 고개를 기울여 작게 물었어요.

"지헌, 무슨 일 있어?"

나는 고민하다 딱 한마디를 했습니다. "돌아가고 싶대요."

에이샤가 알겠다는 듯 고개를 끄덕였습니다. 그러곤 지나가는 듯이 말했죠. "좋겠다. 나는 갈 곳이 없어."

지헌은 여전히 조금 떨어진 거리에서 우릴 따라왔습니다. 하지만 점점 발걸음이 빨라져 평소에 헤어지는 교차로 앞에 도착할 즈음엔 셋이 나란히 서게 되었습니다. "오늘 즐거웠어." 에이샤가 예의 바르게 고개를 숙인 다음 다시 손을 흔들었습니다. 바이 바이. 머릿속에서 계속해서 에이샤의 말이 맴돌았습니다. 좋겠다. 나는 갈 곳이 없어…… 멀어진 에이샤의 등뒤로 높게 묶은 머리가 추처럼 흔들렸습니다.

*

가끔 이런 게 궁금합니다. 예언이 미래를 알려주는 건지, 아니면 만드는 건지. 사람들이 번제물을 바치고 기도를 올리면 신의 말씀이 내려옵니다. 그중에는 좋은 말도 있지만 사실상 저주에 가까운 말도 있습니다. 그걸 피하기 위해 고군분투해도 결국엔 벌레의 몸부림에 지나지 않습니다. 신탁은 틀리는 법이 없으니까요.

예전엔 그게 신의 정확성 때문이라고 생각했습니다. 운명은 바꿀 수 없다고 믿었으니까요. 그런데 지금은 모든 일이 인간의 무능에서 비롯되었다는 생각도 듭니다. 예를 들어 오이디푸스요. 만약 내가 왕인데 내 아들이 나를 죽이고, 아내와 같은 침상에 든다는 예언을 듣는다면 내 손으로 확실하게 처리할 겁니다. 그게 싫으면 운명을 받아들이고 아들이 날 죽일 때까지 기다리든가요. 그리고 그날이 되기 전까진 사랑으로 키울 겁니다. 어쨌든 내 자식이잖아요.

그러나 신화 속 인간은 알면서 선택하는 담대함이 아니라, 도망치고 도망치다가 결국 화살이 과녁을 꿰뚫는 형식으로 예언을 실현시킵니다. 어찌 보면 그런 몸부림이 인간의 진실한 모습인 것 같습니다. 말은 이렇게 해도 나 역시 왕과 별다를 바 없는 인간이니까요. 지옥을 내 손으로 만들었다고 인정하는 것보다, 신에게 놀아났다고 믿는 순결한 피해자가 되는 편이 나으니까요.

하지만 가끔은 아름다운 것보다 진실한 게 필요하지 않을까요?

그맘때 지헌은 입버릇처럼 무슨 일이 일어날 거 같다고 이야기했습니다. 틀린 말은 아니었습니다. 해가 뜨고 지는 우주적 사건도 매일 일어나잖아요. 우주 먼지 같은 셰어 하우스에서도 드라마를 만들려면 한도 끝도 없었고요. 엄지손가락만한 바퀴벌레가 나왔다든지, 모기가 들끓는다든지, 누군가 문을 연 채 나간 바람에 외부인이 집에 들어왔다든지 등등.

지헌이 무언가 이상하다는 걸 눈치챈 건 이른 새벽이었습니다. 지헌은 아침잠이 많은 편인데, 그날은 꿈자리가 뒤숭숭해 일찍 눈을 떴다고 했습니다. 꿈에서 집에 불이 났대요. 해몽책에 따르면 무척 좋은 징조인데, 지헌은 그걸 몰랐는지 바보처럼 맨손으로 물을 퍼 나르다가 불길이 몸을 핥는 순간 억지로 눈을 떴답니다. 그렇게 한동안 눈을 깜빡이며 꿈과 현실의 경계가 또렷해지길 기다리는데, 누군가 방문 앞을 지나는 소리가 들렸다고 했습니다. 지헌은 신경쓰지 않고 돌아누웠습니다. 지헌의 방은 화장실 바로 앞이었고, 사람들은 늦은 밤에도 자주 화장실에 들락거렸거든요. 지헌도 마찬가지였고요.

서서히 잠의 세계로 빨려 들어가고 있던 지헌을 건진 건 소리였습니다. 지금쯤이면 문이 열리고, 변기 물이 내려가는 소리가 들려야 하는데 바깥이 너무 조용하더래요. 무언가 이상하다 싶어 지헌은 살그머니 눈을 떴습니다. 그리고 자는 척을 할지 일어날지 고민하다가 누운 상태로 머리맡에 둔 안경을 꺼내 쓰는 걸로 타협을 봤습니다. 평소처럼 조용하고 깨끗한 방이 눈에 들어왔습니다. 문고리가 약간 아래로 처져 있는 듯했지만, 기분 탓이라고 해도 무방할 정도로 아주 약간이었습니다. 지헌은 계속해서 문고리에 시선을 두었습니다. 한참을 보았지만 문고리는 움직이지 않고 그대로였습니다. 그러나 지헌이 자기도 모르게 다시 잠이 들었다 아차 하고 눈을 뜬 순간, 문고리는 호를 그리며 절반쯤 내려가 있는 상태였습니다. 문득 화장실을 다녀온 뒤 문을 잠그지 않은 걸 깨달았지만 이미 늦은 때였습니다.

상상도 하지 못한 일이 일어나면 사람들은 두 가지 반응을 보이는 것 같습니다. 놀라서 얼이 빠지거나 비명을 지르거나요. 지헌의 반응은 전자였습니다. 멍하니 보는 것 외에 지헌은 아무 일도 할 수 없었습니다. 지헌의 눈치를 살피듯 천천히, 조용히 문고리가 끝까지 내려갔고 누군가 문을 밀었습니다. 검은 그림자가 방안에 드리워졌습니다. 뭐에 홀린 듯 자리에서 일어난 지헌이 문을 닫으려고 했을 땐 이미 발 하나가 들어올 만큼 틈새가 벌어진 뒤였습니다.

그러나 지헌도, 그림자도 눈치채지 못한 건 바닥에 놓인 촛불이었습니다. 자기 전 지헌이 켜둔 것이었죠. 더운 날씨에 지독해진 화장실 냄새와 복도 끝에서부터 밀려오는 체취를 참기에 너무 예민했던 거죠. 지헌이 침대에서 내려와 문을 닫으려는 순간, 발에 차인 초가 쓰러졌습니다. 촛농이 지헌의 맨발에 닿았고 순간 뜨거움을

74

참지 못한 그가 소리를 질렀습니다. 악! 그 소리에 놀랐는지 밖에서 우당탕하는 발소리가 들렸습니다. 서둘러 불을 끈 지헌이 절뚝거리며 나갔을 때 이미 복도는 텅 비어 있었습니다. 새벽의 소란에 뿔난 옆방 사람이 벽을 두어 번 내리치는 소리만 들려올 뿐이었죠.

메일이라도 보내지 그랬냐고 하자 지헌이 고개를 저었습니다. 증거가 없대요. 누가 방에 침입하려고 했던 증거가요. 게다가 하우스는 목조건물이라 원칙적으로 불을 이용한 모든 게 금지였습니다. 누군가 들어오려고 한 것도 문제지만, 그걸 말하려면 지헌이 규칙을 어기고 초를 켜두었다는 걸 말해야 했습니다. 한마디로 진퇴양난이었죠. 지헌이 밤새 꺼멓게 늙은 얼굴을 문지르며 말했습니다. 잠도 못 자고, 계속 생각하다 보니 이젠 잘 모르겠다고. 그 사람이 그냥 어두워서 실수한 거면? 술 취해서 방을 헷갈린 거면?

지헌이 물어뜯어 축축해진 손끝을 옷에 문질렀습니다.

"하여튼 오늘은 못 있겠어요. 그래서 그냥 다른 데서 자고 오려고요."

"어디요? 에이샤네?"

"아뇨. 모텔이요."

"모텔이요? 일하는 데?"

"네."

나는 깜짝 놀랐습니다. 위험한 걸로 치면 거기가 더 할 거 같았는데요. 아니, 침입자는 내게 무슨 일을 할지 모르지만 색정광은 자기들끼리 행복한 거니 괜찮은 걸까요? 하지만 지난번에 본 똥의 카니발은 육체의 괴로움이 나을 정도로 정신에 위협적인 풍경이었는데 말이에요.

내가 머릿속에서 재고, 따지는 동안 지헌은 집 앞 슈퍼라도 가는 것처럼 태연하게 옷을 갈아입었습니다. 그러곤 서랍을 뒤져 지갑과 통장, 도장을 챙긴 뒤 공병에 로션을 옮겨 담았죠. 그게 참…… 배짱이 좋다고 할지, 어린애 같다고 할지…… 무슨 말이라도 해야 할 거 같아 생각나는 대로 떠들었습니다. 혼자 가도 돼요? 예약 안 해도 돼요? 비싸진 않아요? 지저분하지 않을까요? 그러자 지헌이 내가 무슨 농담이라도 한 것처럼 웃더라구요.

"언니, 걱정 마세요. 제가 치운 덴데."

"그럼 같이 가요."

내가 말하고도 내 입을 틀어막고 싶었습니다. 편한 집 놔두고 왜…… 미친듯이 피로가 몰려왔지만 엎어진 물이었습니다. 지헌이 기대도 안 했다는 듯 놀란 얼굴로 나를 보았습니다.

"정말요? 저야 좋지만, 언니 괜찮아요?"

"괜찮아요. 월급도 받았고."

겉으론 태연한 척했지만 속은 뒤집어졌습니다. 그즈음 계속해서 우울한 기류를 내뿜고 있는 지헌을 감당할 수 있을지 걱정도 되었고요. 그래도 어쩌겠어요. 여자가 가오가 있지. 내가 방에 내려가 짐을 챙겨 오겠다고 하자 지헌이 감동한 눈빛으로 말했습니다.

"언니 고마워요. 언니는 정말 착한 사람인 거 같아요."

나는 웃었습니다. 착하다는 건 미련하다는 말과 동의어라죠……

우리는 보슬비가 내리는 거리를 걸어 모텔에 갔습니다. 각종 희한한 방들 중 제일 멀쩡한 방을 골랐지만 그래도 거울은 지나치게 크고, 샤워실은 투명이었습니다. 우리는 수건으로 간이벽을 만들어 씻은 다음 내려가서 저녁거리를 사왔습니다. 이왕 나왔으니, 놀러나온 기분으로 치킨도 사고 주먹밥도 사자, 이러면서 들떠 있었는데 매대가 텅 비어 있었습니다. 직원에게 무슨 일이냐고 물으니 오늘밤 태풍이 온다고 하더군요. 생각해보니 이틀 전 창고 정리를 하는데 물량이 좀 많다 싶었던 게 생각났습니다. 한국인 입장에선 별것도 아닌 걸로 호들 갑 떠네, 싶었지만 자연재해가 잦은 나라라 대비를 철저히 하는 것 같았습니다. 다행히 여기 사람들이 매운 걸 안 먹는 탓에 신라면이 남아 맥주와 함께 살 수 있었습니다.

처음엔 뽀글이를 해 먹느니 어쩌니 낄낄댔지만 술을 마시다 보니 점점 침울해졌습니다. 힐끗 보니 지헌의 얼굴은 거의 새카맣게 타들어가 있었습니다. 뭐라도 보면 나을까 싶어 티브이를 켰는데, 하필 그맘때 정치 상황이 무척 나빠 한국을 욕하는 뉴스가 나왔습니다. 재빨리 티브이를 껐지만 아까보다 더한 침묵이 몰려왔습니다. 견디지 못해 몸을 배배 꼬다가 나도 모르게 이런 말을 뱉었습니다.

"생각했던 거랑 조금 다르지 않아요?"

단지 그것뿐이었는데, 지헌은 찰떡같이 알아듣고 되물었습니다.

"언닌 뭘 생각하고 왔는데요?"

공격하는 투는 아니었습니다. 그냥 순수하게 궁금한 말투였지만 괜히 정곡을 찔린 듯 민망했습니다. 딱히 할 말이 없어 웅얼거렸습니다. "그러게요. 뭘 기대했던 걸까요……"

그렇게 어물어물 술만 홀짝이다가 나도 모르게 잠이 들었는지, 정신을 차렸을 땐 사방이 캄캄했습니다. 누군가 문을 두드리듯, 빗방울이 창유리를 때리는 소리만 들렸습니다. 나는 일어나 창가에 섰습니다. 비에 젖은 창문 너머로 마지막 방주를 위협하듯 바람이 세차게 불었습니다. 호기심에 창문을 살짝 열자, 작은 틈새로 바람이 불어와 커튼이 미친 여자의 치맛자락처럼 부풀어올랐습니다. 얼른 창문을 닫았지만 그래도 옷 앞자락이 금새 축축해졌더군요. 다행히 지헌은 곤히 잠들어 깨지 않았습니다. 다시 침대에 누워 잠을 청하면서도 방금 전 열린 창으로 보이던 풍경을 계속해서 생각했습니다. 부러질 듯 휘는 나무 아래로 한 사람이 커다란 개를 산책시키고 있었습니다. 우비가 다 뜯어져 바람에 날리는데 도대체 어딜 가고 있던 건지, 이런 날씨에 춥지도 않은지…… 창유리를 때리는 빗소리가 점점 약해졌습니다. 부드러운 리듬을 따라 나도 모르는 새 잠의 세계로 미끄러지듯 정박했습니다. 포근한, 죽음 같은 단잠이었습니다.

지금도 그때를 떠올리면 이런 생각이 듭니다. 같은 시간, 같은 건물에서 누군가 핏물에 잠기고 있다는 걸 알았대도 그랬을까요?

사건은 이런 식이었습니다. 등장인물을 A와 B라고 하겠습니다. 뻔한 얘기입니다. A는 레즈비언을 대상으로 하는 출장 성매매업소에서 일했습니다. 그곳에서 손님으로 온 B와 만나 (적어도 B의 주장에 따르면) 두 사람은 사랑에 빠지게 되었습니다. 첫 만남이 그래서인지, B는 A의 여자관계에 대해 끊임없이 의심했다고 합니다. 일을 그만두라고도 했고요. A는 그런 B에게 답답하다고 했고, 자신을 이해할 수 없다면 더이상 만나지 못하겠다는 엄포를 놓기도 했답니다. B는 울며 사과했지만, 그 뒤로도 계속 둘은 같은 문제로 싸웠다고 했습니다. 그게 둘 사이의 갈등이 되었다고 합니다.

그날도 마찬가지였습니다. 똑같은 레퍼토리였고, 크게 흥분할 일도 없었는데 그날은 뭔가 틀어질 운명이었는지 정신을 차린 B의 눈앞에 등을 보이고 쓰러진 시체 한 구만 있었다고 합니다.

이 장면을 생각하면 여러 가지 질문이 떠오릅니다. B는 왜 그런 짓을 한 걸까? B는 원래부터 그런 인간인 걸까, 아니면 사랑이 그를 망가뜨린 걸까? 죽여서라도 갖고 싶은 마음은 뭘까? 상상만 하는 인간과 실제로 하는 인간 사이에는 어떤 강이 흐르는 걸까? 그건 강일까? 아니면 마음만 먹으면 발목도 적시지 않고 건널 수 있는 얕은 샘일까? 질문은 끝이 없지만 적어도 그날 B가 내린 답이 틀렸다는 것만은 분명했습니다. 그가 원한 건 연인의 싸늘해진 마음을 돌리는 일이었지, 싸늘한 연인이 아니었을 테니까요.

자신이 저지른 일에 B는 무척 당황했습니다. 배터리가 없던 탓에 그는 곧장 가까운 공중전화로 달려가 자신이 연인을 찔렀다고 신고했습니다. 그리고 A가 쓰러진 자리로 갔습니다. 그런데 다시 돌아간 그곳엔 아무것도 없었습니다. 도무지 믿을 수 없는 광경이었죠.

황당한 일이었습니다. 앰뷸런스는 돌아가고, 경찰이 간단한 조사를 했지만 아무것도 찾을 수 없었습니다. 주변에 목격자도 없고, 모텔 방범 카메라엔 아무것도 잡히지 않았습니다. B가 A를 만났다던 업소에선 (당연한 일일지 모르지만) 그런 사람은 없다고 했고요. 뭐가 어떻게 되었든 죽은 사람이 제 발로 걸어나갈 순 없으니, B의 우려와는 달리 살인은 일어나지 않은 셈이 되었습니다.

결국 사건은 해프닝으로 마무리되었습니다. 한동안 모텔 직원들 입에 오르내렸을 뿐 그 거리엔 A를 찾는 사람도 없었고 뉴스에도 등장하지 않았습니다. 일본에서만 매년 수만 건씩 실종이 일어난다고 하니, 여자 하나 사라지는 건 사건이 아니었는지도 모르겠습니다만.

문제는 불똥이 엉뚱한 데로 튀었다는 데 있습니다. 그 일로 에이샤의 할아버지가 고국으로 돌아가게 되었거든요. B가 A를 찌른 곳이 청소 도구함이었기 때문입니다. B가 쓴 도구는 물이 뚝뚝 떨어지는 자두나 아삭한 사과의 껍질을 벗기던 과도였구요. 그곳이 연인의 밀회 장소라는 게 뜬소문은 아니었던 셈입니다. 누구도 그런 식으로 소문의 진상을 확인하길 원하진 않았겠지만요.

나는 그 장면을, 마치 내 눈으로 본 것처럼 생생하게 그릴 수 있습니다. 평소처럼 할랄 마트는 손님이 끊일 듯 끊이지 않았고 소리를 끈 티브이가 혼자 돌아가고 있었을 겁니다. 손님들이 낯선 이름의 소스 병들을 살피는 동안 큰아버지는 음료수병들을 나르거나, 언 고기를 채우거나, 돈을 세고 있었을 테고 할아버지는 창가에 앉아 졸고 계셨겠죠.

마트 안에 경찰이 들어왔을 때 큰아버지는 긴장했을지 모릅니다. 그러나 침착하게 행동하려고 노력했겠죠. 큰아버지는 몰아치듯 빠른 일본어를 잘 알아듣지 못했지만 눈치껏 경찰에게 손을 저었을 겁니다. 난 아무것도 모른다, 내가 아는 건 부정하지 않은 양고기와 태양의 뜨거움을 담은 향신료의 가격뿐이다, 라는 의미를 담아서요. 경찰도 큰 기대를 한 건 아니었을 겁니다. 그냥 형

식상의 수사였을 테죠.

그때 누군가 할아버지를 발견했을 겁니다. 그리고 벽의 무늬나 오래된 가구처럼 보이는 노인에게서 무언가 얻어낼 수도 있다고 생각하고 그에게 접근했을 겁니다. 당황한 큰아버지가 그가 아는 몇 안 되는 고급 일본어―아버님은 치매가 있으셔서 대화가 어렵습니다―를 빠르게 중얼거렸을 땐, 잠에서 깨어 본 것이 젖은 눈망울의 손녀나 깡말라 무얼 입어도 왜소해 보이는 아들이 아닌 제복 차림의 남자라는 걸 안 노인이 반사적으로 손을 휘둘렀을 겁니다. 정신없는 노인이라곤 하지만 그렇기에 더 우악스러운 손길에 놀란 경찰이 물러났을 땐 이마에서 피가 흘러내리고 있었을 테고요. 다행인 건 경찰은 피부만 살짝 찢어졌다는 겁니다. 나쁜 건 할아버지가 재류 카드 따위를 갖고 있지 않았다는 거고요.

사라진 사람은 한 사람 더 있었습니다. 204호였습니다. 쉬는 날이라 집에 있던 지헌이 복도가 소란스러워 나가보니 하우스의 유니폼을 입은 사람 둘이 있었다고 합니다. 냄새 때문에 온 거냐고 물으니 고개를 저으며 204호가 집세를 내지 않았기 때문에 온 거라고 했답니다. 지헌은 한 발짝 떨어져 두 사람이 문을 열려고 애쓰는 걸 보았습니다. 때마침 화장실을 가려고 나왔던 202호도 함께였죠.

방은 발 하나 디딜 틈 없이 짐이 많아, 들어가는 것부터가 어려웠대요. 테트리스 조각처럼 켜켜이 쌓인 짐들이 창을 가려 낮이었는데도 어두컴컴했다고 합니다. 처음엔 분리수거를 하다 나중엔 닥치는 대로 쓰레기봉투에 집어넣었는데도, 일이 얼추 마무리되자 저녁이었다더군요. 이상한 건 방안에서 우리를 괴롭혔던 냄새가 나지 않았다는 겁니다. 방은 짐이 아주 많은 걸 빼곤 평범했고, 우리가 추측하던 썩은 생리대도, 곰팡이 핀 쌀밥도 없었다고 합니다. 외려 멀쩡한 옷들이 드라이클리닝되어 걸려 있고, 뜯지도 않은 새 화장품이나 향수가 수두룩했대요. 그런 게 수십 개씩 되어서 문제였지.

경찰을 부를 줄 알았던 직원들은 청소만 하고 하우스를 나섰답니다. 처음부터 끝까지 그걸 지켜보던 202호가 현관 옆 쓰레기장으로 가더니 봉투를 헤쳐 고급 화장품을 가져갔고요.

지헌이 말했습니다.

"언니도 몇 개 챙기세요. 완전 새거던데."

"지헌 씨는요?"

"저는…… 괜찮아요."

잠시 지현이 생각에 잠긴 듯, 멍하니 있다 중얼거렸습니다.

"그런데 언니, 이상한 건요, 도저히 사람이 밖으로 나올 수 없게 입구가 막혀 있었다는 거예요. 누가 안에서 다른 사람이 들어오는 걸 막아둔 것처럼요. 창문도 잠겨 있었구요. 그럼 안에 있던 사람은 어떻게 나온 걸까요? 거기 진짜 사람이 살긴 살았던 걸까요?"

그 일이 있고 얼마 뒤 나는 일본을 떠나기로 마음먹었습니다. 어느 날 아침 눈을 떴는데, 그냥 그런 때가 되었다는 걸 느꼈습니다. 나도 모르는 저주에 걸렸다 풀린 기분이랄까요.

나는 곧장 짐을 배로 부치고, 집 계약을 해지하고, 일도 그만둔다고 통보했습니다. 그냥 돈을 벌러 다닌 건데, 직원들은 진심으로 아쉬워해주었습니다. 사장과 점장, 매니저만 왔지만 나를 위한 송별회도 열어주었고요. 그제야 내가 어쩌면 마음을 닫고 살았는지도 모르겠다는 생각이 들었습니다. 하지만 짧은 술자리가 끝나고 그동안 고생 많았다며 내 어깨를 두드리는 사장에게 보고 싶을 거라는 말은 할 수 없었습니다.

얼마 있지 않아 깨끗해진 204호에 새로운 사람이 들어왔습니다. 못 보던 사람이 세탁기 앞에 한참을 서 있길래 혹시나 싶어 한국어로 말을 걸자 여자가 반색을 했습니다. 그는 사람이 그리웠는지, 사흘 전 이곳에 도착했고 내일 휴대폰을 개통하러 갈 거고 낮에는 다이칸야마에 놀러갔는데 교통비가 비싸서 까무러칠 뻔했다는 얘기를 쉬지 않고 쏟아냈습니다.

"그래도 집세가 싸니까요. 괜찮아요."

"집세가 싸요?"

내가 묻자 그가 도리어 어리둥절한 표정으로 나를 쳐다보았습니다.

"다른 데 반값이던데요."

그 말을 듣고 홈페이지에 들어가 보니 처음 세 달은 반값이라고 되어 있었습니다. 팝업창의 '半額割引'이라는 글자가 나방을 끄는 불빛처럼 번쩍이는 걸 보다 나는 창을 닫았습니다. 이 집을 처음 구했을 때가 생각났습니다. '계약금 0엔. 즉시 계약시 추가 할인'이라던 문구가요. 그러자 처음으로 궁금해졌습니다. 이전에 내 방엔 어떤 사람이 살았던 걸까요?

나는 마지막으로 지헌과 롯폰기에 갔습니다. 이제껏 망설이기만 했는데, 큰맘 먹고 귀걸이도 하나 사고, 스키야키도 먹었습니다. 가게에서 나와 이제 뭘 할까, 카페나 갈까 싶었는데 생각보다 가까운 곳에 동경타워가 보였습니다. 지헌이 한번 걸어가보지 않겠냐고 묻더군요. 소화도 시킬 겸 좋다고 했습니다.

부자 동네는 부자 동네인지, 아니면 내 마음 때문에 그렇게 보인 건지 집들도 멋있고 분위기 자체가 좀 달랐습니다. 사람들 옷차림도 세련된 것 같았고요. 지헌이 목이 마르다고 했지만, 눈에 띄는 가게가 없었습니다. 단 한 군데, 레스토랑과 카페를 겸하는 곳이 있었는데 금발에 두 눈이 시퍼런 외국인이 테라스에 앉아 있는 걸 보고 뭔가 기가 죽어 들어가려다 말았습니다. 가격표도 좀 두려웠고요. 그러고 나니 마땅한 데가 없어 이렇게 된 거 그냥 편의점이나 가자고 해서 편의점엘 갔습니다.

들어가자 어눌한 인사말이 들렸습니다. 직원 하나는 카운터에 서 있고, 하나는 매대 옆에서 물건을 정리하고 있었습니다. 둘 다 눈이 크고 피부가 검었습니다. 나는 뽑아 먹는 커피를 골랐고, 지헌은 페트병에 든 리치주스를 골랐습니다. 카운터에서 컵을 받고 커피가 나오길 기다리는데 내가 엉뚱한 버튼을 눌렀다는 걸 알았습니다.

"저기요. 이거 버튼을 잘못 눌렀는데요."

나는 카운터에 선 직원에게 말을 걸었습니다. 그러나

그는 내 말을 들은 체 만 체 하며 괜히 카운터 안쪽에서 부시럭댔습니다. 날도 더운데. 나는 약간 짜증이 나서 다시 한번 같은 말을 반복했습니다.

"저기요. 이거 잘못 눌렀는데 어떡하냐고요."

그제야 직원이 천천히 고개를 들었습니다. 그는 무척 당황한 얼굴로 내 눈치를 보더니 손으로 가위표를 그렸습니다. 순간 깨달았습니다. 아, 이 사람은 일본어를 못하는구나. 등뒤로 식은땀이 죽 흘렀는데 물건을 정리하던 남자가 카운터로 들어왔습니다. 그는 일본어도 잘하고, 방금 전 직원보다 고참인지 금방 새 커피를 내리며 고개를 조아렸습니다.

"정말 드릴 말씀이 없습니다."

그 말에 얼굴이 붉어졌습니다. 정말이지, 제대로 설명하고 싶었습니다. 오해해서 미안하다고. 이건 백 퍼센트 내 잘못이고, 나도 당신들과 같다고. 그러나 어색하게 손바닥만 흰, 어두운 색의 손에서 커피를 받아들면서도 차마 그렇게 말하진 못했습니다. 왜냐면 그건 거짓말이었으니까요. 난 희고, 좀 그런 피부가 아니었으니까……

동경타워에 도착한 건 해가 질 즈음이었습니다. 멋진 야경을 기대했는데 솔직히 아주 인상적이진 않았습니다. 지헌은 완전히 어두워지지 않은 탓이라며 창가에 붙어 섰고, 나는 잠시 그 곁에서 얼쩡대다 혼자 의자에 앉았습니다. 빌딩의 불빛이 하나둘 켜졌습니다. 귀갓길의 차가 수도고속도로의 도심 환상선 위로 은하수를 그리고, 지상의 크고 작은 빛들이 별처럼 반짝이는 걸 보면서도 내 기분은 변함없이 울적했습니다. 들뜬 연인들과 비명을 지르는 아이들 틈에서 나는 생각했습니다. 왜 모든 건 기대처럼 흘러가지 않는 건지, 그도 아니면 세상은 아름다운데 내 안에 무언가를 느끼는 능력이 사라진 건지……

　그러다 어느 순간 깨달았습니다. 내가 보는 풍경엔 동경타워가 없다는 걸요. 마치 우화의 주인공이 된 기분이었습니다. 어떤 사람이 동경타워를 보러 동경타워에 갔대. 가보니 타워 안에 있어 타워가 보이지 않더래……

　나는 서울로 돌아갈 준비를 했습니다.

여름

아시다시피 그 사건은 일어나지 않았습니다. 아니, 사건이 일어나지 않았다고 하니 이상하군요. 하지만 사람들이 생각하는 그런 일은 일어나지 않았습니다. 한 사람이 자취를 감춘 건 맞지만 시체가 사라진 건 아닙니다. 동경 한복판에서 그런 일이 일어난다는 게 말이 안 되잖아요. 이따금 야쿠자가 칼에 찔려 죽거나, 노래방에서 마약이 유통되긴 하지만 그건 대도시라면 어디에서나 있는 일이죠.

누군가는 내가 시체를 옮겼다고 합니다. 그가 사라진 날, 우비를 뒤집어쓴 어떤 덩치 큰 여자가 골프 가방을 끌고 가는 것을 보았다면서요. 하지만 그건 거짓입니다.

동경에 있었다면 아시겠지만, 그날은 바깥을 돌아다니는 사람이 없었어요. 그해의 가장 큰 태풍이 상륙했으니까요.

그러나 이렇게 말을 해도 사람들은 내가 사건에 깊게 관여했다고 믿더군요. 한번은 사건의 진상을 추리하는 게시글을 본 적이 있어요. 다들 소설을 잘 쓰던걸요. N을 조종해서 L을 죽인 건 둘의 친구인 K다. 그는 오래전부터 L에게 열등감을 갖고 있었다. 아니다. K는 포주였다. N과 사랑에 빠진 L이 일을 그만둔다고 하자 홧김에 찌른 거다. 다 틀렸고 K는 우르술라 같은 마녀다. 그가 두 사람을 심리적으로 조종해서 스스로 죽음의 늪으로 들어가게 만든 거다⋯⋯

더이상 읽지 않고 화면을 껐습니다. 정말 그런 일이 있었다면 내가 어떻게 한국에 돌아올 수 있었겠어요. 거기도 엄연한 법치국가인데요.

그 사건에서 내가 맡은 역은 도어맨이었습니다. 로비의 귀빈들이 무슨 짓을 하든 그는 단지 거기 있을 뿐이죠. 게다가 우리는 모두 준법정신이 투철한 시민이었습니다. 핏속의 쇠만큼 희미한 미치광이 기질이 있다고 해도 드러낼 정도로 멍청하진 않았죠. 그게 깨어난 건 두 달 넘게 지속된 비 탓이었습니다. 바다에서부터 눅눅한

절망을 키우던 비. 커튼과 이불과 사람의 마음에 곰팡이를 슬게 했던 그 끝없는 빗속에선 모순적이게도 락스 냄새가 났으니까요.

*

내가 일본에 간 건 늦봄에서 초여름으로 넘어가는 계절이었습니다. 동경에 사는 지은에게 방이 비니 놀러오라는 연락이 와서 그러마, 한 게 정신 차리고 보니 몇 달 같이 살기로 약속되어 있었습니다. 미리 방값을 부치고 나서야 암만 오랜 친구라도 사는 건 또다른 문제라는 생각이 들어 잠을 설쳤지만, 막상 도착해보니 지은은 무척 바빠 얼굴을 볼 틈도 없었습니다. 나는 기묘하게 안심하며 혼자 공원이나 카페를 돌아다녔습니다. 나무 그늘에 앉아 설탕을 듬뿍 탄 카페오레를 홀짝이면 무척 행복했습니다.

　정말 좋았어요. 다 좋았는데, 딱 한 가지 아쉬운 게 있다면 냄새였습니다. 공항에 내린 순간부터 콕 집어 말할 수 없는, 뭐랄까, 락스 냄새 같은 게 났거든요. 처음엔 빈속이라 멀미를 한 줄 알았는데, 며칠 지나고 난 뒤에야 그게 이곳의 냄새라는 걸 받아들이게 되었습니다. 외국 사람들이 한국 오면 마늘 냄새 난다고 하잖아요. 그런 것처럼요.

그러던 어느 날 저녁, 드디어 한가해진 지은과 처음으로 저녁을 먹게 되었습니다. 맥주도 잔뜩 사오고, 따끈한 튀김과 신선한 샐러드, 후식으로 먹을 과일과 아이스크림도 사왔습니다. 그러나 둘이 실컷 먹고 마시려던 내 계획과 달리 지은은 샐러드를 약간 우물거리다 말았습니다. 그걸 보니 좀 흥이 가시면서 얘가 원래 이런 애였지, 싶은 생각이 새삼 들었습니다. 갠 새처럼 먹으면서 자신의 마른 몸이 타고난 것처럼 보이길 원했거든요. 한번은 같이 삼겹살을 먹으러 갔는데, 쌈을 싸 먹는 척 몰래 고기를 뱉는 걸 본 적도 있습니다. 아깝게 뭐하는 짓이냐고 물으니, 핑계랍시고 하는 말이 비계가 싫다나요.

지은은 후식으로 끓인 커피에도 입을 대지 않았습니다. 대신 내가 아이스크림을 떠먹는 동안 담배를 느릿하게 피우며 여기 와서 만난 남자 이야기를 했습니다. 하나는 서른아홉이었고, 다른 하나는 열아홉이었는데 잠깐 같이 살았다더군요. 지금 내가 쓰는 방이 남자애 쪽이 쓰던 방이라는 고백에 나도 모르게 몸을 떨었는지 그 애가 변명처럼 말했습니다.

"그래도 깨끗이 치웠어. 그 방 별로 안 쓰기도 했고."

그러니, 하고 대꾸하자 지은이 응, 하곤 가볍게 어깨를 으쓱하더니 당분간은 연애를 쉴 계획이라고 했습니다. 지겹고, 지쳤다고요. 말은 저렇게 한다지만 얼마나 갈지 두고 보자는 심정이었습니다. 솔직히 말해 걘 남자 없이는 못사는 애였거든요. 누군가 계속 잘하고 있다든지, 사랑한다는 말을 쏟아부어줘야 했고요. 한국에서도 그랬는데, 외국에서 혼자 살면서 오죽하겠어요? 그러나 나는 마음에도 없는 소리를 했습니다.

"그래. 혼자가 편해. 그게 제일 팔자가 좋아."

그러자 지은이 희미한 미소를 지었습니다.

"네 말이 맞아. 남자들은 다 병신 같아."

마음에도 없는 소릴 한 게 티가 났나 싶어 뜨끔했는데 지은이 꽁초를 짧게 잡아 비벼 끄며 덧붙였습니다.

"나이들수록 친구 소중한 걸 알겠더라. 그런 면에서 난 진짜 운이 좋은 거야. 너도 있고, 지윤이도 있고."

짧은 침묵이 있었고, 지은이 찬물을 들이켜고는 잔을 만지작거리며 말했습니다.

"맛있다."

"……"

"물이 다네."

나는 들고 있던 가짜 크리스털 컵을 이리저리 기울였

습니다. 어느새 다 녹은 아이스크림이 뒤섞이며 역겨운 회색빛으로 변했습니다. 나는 내가 들은 말을 곱씹다가 물었습니다.

"지윤이가, 그 지윤이야?"

"응."

"어떻게 만났어?"

"그냥 옛날에 알바하던 데에 걔가 손님으로 와서."

"어떻게?"

"응?"

"어떻게 알아봤네. 별로 친하지도 않았는데."

"응, 걔가 먼저 그러더라고. 이지은 맞냐고."

"걔가 먼저 그랬어?"

"응."

지은이 자리에서 일어나 접시를 정리했습니다.

"같은 고등학교 나와서 그런가. 금방 친해지더라. 너 왔다고 말해뒀으니까 조만간 시간 될 때 셋이 보자."

지은이 입을 쩍하고 벌려 하품을 하며 욕실로 향했습니다. 나머진 내일 치우게 냅둬. 잠시 뒤 쏟아지는 물줄기 소리가 들렸습니다. 별말 없이 방에 들어갔지만 나는 그 밤 내내 잠을 설쳤습니다. 왜냐면 내겐 두 사람에게 지은 죄가 있었거든요.

고등학교 입학식에서였습니다. 강당에 줄을 섰을 때부터 나는 그애를 알아보았습니다. 그때는 매일같이 코와 턱이 자라서 거울을 볼 때마다 내 얼굴이 낯설었지만, 지은은 변함없는 그대로였습니다. 대부분 같은 중학교에서 진학한 탓에 장내는 소란스러웠습니다. 그 와중에 지은만이 혼자 등을 꼿꼿이 세우고 있었습니다. 처음엔 교장의 말에 귀를 기울이나 했지만, 눈 온다, 는 누군가의 외침에 미동도 없던 그애가 고개를 돌리던 게 생각납니다. 나 역시 그애를 따라 고개를 왼편으로 돌렸습니다. 마치 지구 최후의 날이 그럴 듯, 철창이 달린 작은 유리창 너머로 비와 뒤섞여 젖은 눈이 펑펑 쏟아지고 있었습니다.

종례가 끝나고 나는 지은의 앞 책상에 앉았습니다.

"지은아, 오랜만이다."

그러나 그애는 멍청한 얼굴로 나를 바라보았습니다. 나는 당황해서 되물었습니다.

"지은이 아니야?"

"맞는데."

"너 나 몰라?"

"네가 누군데?"

"나 김효진인데. 효진이 몰라?"

"그게 누군데?"

짐을 싸서 나가던 애들이 우리 쪽을 힐끔거렸습니다. 나는 입에서 나오는 대로 쏟아냈습니다.

"너 너네 할머니랑 살았잖아. 무지개연립. 우리집은 가동이고, 너네 할머니넨 마동이고. 너 우리집 와서 막 춤도 추고 그랬는데. 쌀상회 옆에 떡볶이집에서 같이 떡볶이도 먹고. 그, 납치 사건 있던 골목 옆에."

지은에게선 여전히 아무런 대꾸가 없었습니다. 나는 묘하게 초조한 마음에 덧붙였습니다.

"……왜, 우리 수영도 같이 다녔는데…… 기억 안 나?"

그러자 지은이 알겠다는 듯 고개를 끄덕였습니다. 자기는 어린 시절 기억이 듬성듬성 없대요. 의사 말로는 이혼 가정이라 문제가 생긴 것 같다고요. 나는 입을 다물었습니다. 이미 잊었다면 굳이 옛날 일을 되새길 필요는 없었습니다. 과거를 모르는 게 우리가 친구가 되는 데 문제가 되는 것도 아니었고요.

함께 다니던 무리 중엔 유나란 애가 있었습니다. 유나는 눈과 키가 큰 시원한 미인으로 두 학년 위인 선배를 좋아했습니다. 딱히 그걸 숨기지도 않아서 우리는 선배가 지나갈 때마다 꺅꺅댔습니다. 선배도 그걸 알고 괜히 장난을 치기도 했고요. 그러나 데이트 신청을 받은 건 유나가 아닌 지은이었습니다. 거기까진 괜찮았는데, 생각보다 진지했던 건지 그후 유나가 지은에게 좀 데면데면하게 굴었습니다. 충분히 이해할 수 있는 일이었는데, 문제는 지은이 유나에게 그게 자기 탓이냐며 화를 냈다는 겁니다.

지금도 지은이 무슨 생각으로 그랬는지 모르겠습니다. 유나를 우정도 모르는 쌍년 취급하고 싶었던 걸까요? 아니면 지가 좋아하는 남자 하나 못 꼬신 멍청한 년을 만들고 싶었던 걸까요? 어쨌든 지은의 말은 그때까지 반반이었던 여론을 화끈하게 뒤엎기엔 충분했습니다. 얼마나 더러운 소문이 오갔는지 모릅니다. 지은이 그 오빠랑 옥상에서 내려오는 걸 봤다느니, 옆 동네 산부인과에서 나오는 걸 봤다느니, 그걸로도 모자라서 유일하게 젊은 남자 교사였던 화학 선생까지 소환해 지은이 그의 무릎 위에 앉아 있었다는 얘기도 돌았습니다. 거기에 누군가 지은의 편을 든답시고 둘이 육촌이라는 해명을 덧붙였는데, 덕분에 근친상간적 뉘앙스가 붙어 열 배는 더 불온해졌습니다.

재밌는 건 내가 그걸 아는 데 꽤 오랜 시간이 걸렸다

는 겁니다. 난 웃긴 친구였지 연애사를 상담할 만한 친구는 아니었거든요. 버드나무 가지처럼 늘씬한 내 친구들이 안팎으로 부는 육욕肉慾의 태풍에 휩쓸려 번민하는 동안 혼자 방망이 깎는 노인 같은 삶을 살았죠. 쟤는 왜 쟤들이랑 놀아? 라고 생각하는 애들도 있었지만, 그건 뭘 모르는 거였습니다. 애들이 나이 어린 동생을 깍두기로 끼워주는 것처럼, 예쁜 애들에게는 욕 잘하고 뚱뚱한 친구 쿼터제가 있었거든요.

어쨌든 내가 그런 사실을 알았을 때, 지은에 대한 소문은 이미 시들해지고 간간이 성냥불 한두 개가 던져지는 정도였습니다. 유나에겐 이웃 남고에 다니는 남자친구가 생기고, 선배도 무섭게 이쁜 동급생 여자친구를 사귀었지만, 별다른 유흥거리가 없던 탓에 다들 헛소리인 걸 알면서도 지은에 대해 한마디씩 덧붙이는 형국이었습니다.

그러나 그중에서도 지은이 수영 클럽의 피해자 중 하나라는 건 진실이었습니다. 별 개소리를 다 해. 지은이 시큰둥하게 덧붙였습니다. 하지만 수영 클럽이라는 말을 듣자마자 내 심장은 빠르게 덜컹거렸습니다. 뜨거운 김을 뿜으며 증기기관차가 달려왔고 휘슬 주전자가 뚜껑을 달그락대며 끔찍한 비명을 질러댔습니다. 내 표정이 심상찮았는지 지은이 되물었습니다.

"무슨 일 있어?"

나는 고개를 저었습니다. 한시라도 빨리 마땅한 거짓말을 지어내야 했습니다. 핍진성이 있어, 누구나 진실이라고 믿게 할 만한 그런 거요. 하지만 그 나이에 그게 가능했다면 내가 이렇게 살겠어요? 결국 나는 수영 클럽의 일은 사실이고, 그건 네가 아닌 이지윤의 일이라고 말했습니다.

"이지윤?"

모르는 애인지, 지은이 눈을 찌푸렸습니다.

"있어. 6반 애. 너랑 이름이 비슷해서 헷갈렸나보다."

"아아."

지은이 잠시 머뭇거리더니 한마디를 덧붙였습니다.

"안됐다."

다행히 지은은 지윤에 대해 더는 묻지 않았습니다. 우리는 유나 무리와 화해했고 다시 사이좋게 지냈습니다. 졸업한 뒤론 연락이 끊겼지만, 당시엔 나름대로 어른스럽게 처신한 거죠. 우리가 다시 수영 클럽에 대해 얘기하는 일은 없었습니다. 그러나 이따금 아무것도 모르는 지윤을 마주칠 때면, 그날은 아무리 손을 씻어도 끈끈한 죄의식이 배어나왔습니다.

그러니 내가 실제로 지윤을 만났을 때 얼마나 놀랐는지 짐작하실 겁니다. 죽은 사람이 살아 돌아와도 그보다 겁이 나진 않았을 겁니다.

문을 여니 지은의 뒤에 중성적인 외모의 젊은 사람이 서 있었습니다. 내가 기억하는, 포대 자루 같은 교복을 입고 안경을 코에 걸쳐 쓴 학생이 아니었습니다. 그땐 어딘지 칙칙한 인상이었고 이목구비도 딱히 두드러지진 않았는데 머리를 짧게 친 탓인지, 아니면 성형이라도 했는지 생각 외로 멀끔하더군요. 바늘에 찔리기라도 한 듯 허리를 꼿꼿이 펴고 있는 게 연극배우 같기도 했고요.

"잠깐 가방만 두러 온 거야."

그렇게 말한 지은이 멍하니 눈만 깜빡이는 나를 툭 쳤습니다.

"효진아, 지윤이 보니까 좀 생각나?"

내가 입을 열기도 전에 지윤이 끼어들었습니다.

"잘 모르지. 애기 때만 친했고 학교 다닐 땐 인사도 안 했는데."

그가 얼떨떨해 있는 내게 악수를 하더니 그동안 어떻게 지냈는지, 뭐하고 지내는지 따위를 물었습니다. 조금 어색했습니다. 제가 알던 그애가 아닌 것 같았지요. 얼

104

굴이 낯선 탓도 있었지만, 그때 그 우울한 장막을 치고 다니던 애가 저렇게 서글서글하게 나를 대할 거라곤 생각하지도 못했으니까요.

지은의 말대로 두 사람은 금방 집을 나섰습니다. 나는 발코니 창문 옆에 몸을 숨기고 두 사람을 지켜보았습니다. 지은의 걸음이 좀 이상하다 싶었는데, 잠시 뒤 지윤이 무릎을 꿇고 지은의 운동화 끈을 묶어주는 게 보였습니다. 그런 다음 그가 갑자기 이쪽을 올려다보더니 씩 웃었습니다. 그쪽에선 내가 보이지 않을 게 분명한데도요. 심장이 벌컥벌컥 뛰고 묘하게 불안했습니다. 그날 이후 나는 두 번 다시 지윤과 만날 일이 없길 바랐습니다.

그러나 나의 찜찜함과는 별개로 이따금 그와 만날 일이 생겼습니다. 주로 냄비 같은 걸 빌리거나, 장 본 걸 나누기 위해서였죠. 짧은 만남이었지만 마음이 편하지 않았습니다. 걔는 내가 예전에 자기 이름을 팔아먹은 걸 모르고 있을 테지만 괜히 혼자 그랬습니다.

원래는 지은과 극장에 가기로 한 날이었습니다. 옛날 영화를 저렴하게 상영하는 곳이 있다고 해서 갔는데 〈여자는 여자다〉 포스터 앞에 서 있는 건 지은이 아닌 지윤이었습니다. 미리 끊어둔 티켓을 건네며 하는 말이, 지은은 갑자기 일이 생겨 못 오게 되었다더군요. 그대로 도망치고 싶었지만 상영 시작을 앞두고 차임벨이 울리자 지윤이 내 팔을 콱 쥐는 바람에 벗어나지 못했습니다. 그렇게 얼결에 극장 의자에 앉자 그때부턴 사람들 눈치가 보여 나갈 수 없게 되었습니다.

우리는 오래된 프랑스 영화를 보았습니다. 아니, 사실 나는 아니고 지윤만 봤습니다. 나는 지윤이 앉은 쪽을 신경쓰지 않기 위해 애를 쓰느라 화면이 눈에 들어오지 않았거든요. 힐끗 본 지윤은 분명 스크린에 빨려 들어갈 듯 집중하고 있었는데도, 내겐 그쪽에서부터 알 수 없는 기운이 밀려오는 것 같았습니다. 그러다 좁은 좌석이 불편했는지 지윤이 엉덩이를 들썩이다 내 손등을 쳤습니다. 거기까진 괜찮았는데, 가만히 있어도 될 걸 굳이 내 귓가에 대고 "미안"이라고 속삭이더군요. 거친 숨이 뒤섞인 소리가 고막을 울리자 내 안의 수도꼭지가 팡 터지고 식은땀이 빗방울처럼 쏟아졌습니다. 그다음부턴 계속해서 가시방석이었습니다. 차라리 부모와 포르노를 보는 고문을 받는 편이 훨씬 나을 것 같았지요.

로비로 나왔을 땐 이미 기가 쭉 빨린 다음이었습니다. 얼른 집에 가자 싶었는데 지윤이 자기가 살 테니 같이 한잔하자더군요. 그러면 안 됐었는데. 공짜 술이라는 말에 홀려 어물대다가 정신을 차리니 지하 바에 와 있었습니다. 언제 불렀는지 내 앞에는 지윤의 친구 두 사람이 앉아 있었고요. 단둘보다는 그편이 낫지 싶어 안심한 내게 지윤이 통성명을 시켜주었습니다. 얌전한 인상에 안경을 낀 쪽이 마이였고, 덩치가 크고 활발한 쪽은 나나미였습니다. 둘 다 학생이고, 한국 문화에 관심이 많다고 했습니다.

"김 상은요? 학생?"

나는 고민을 하다가 글을 쓴다고 했습니다. 사실상 백수였지만 그렇게 표현하기엔 좀 자존심 상했기 때문입니다. 그 말에 지윤이 깜짝 놀라며 외쳤습니다.

"그럼 작가인 거야?"

나나미가 웃었습니다.

"뭐야, 너도 몰랐어?"

"응. 나도 오랜만에 만나서."

지윤이 목소리를 낮춰 속삭였습니다. "왜 말 안 했어?"

나는 고개를 저었습니다. "아직 정식 작가도 아니고, 지망생인걸."

"뭘 쓰는데요?" 나나미가 물었습니다.

"그냥 생각중이에요."

그렇게 대꾸하자, 지윤이 짐짓 으스대는 투로 말했습니다.

"앤 어릴 때도 되게 똑똑했거든. 대학도 좋은 데 나오고."

아, 대단하네. 나나미가 감탄 섞인 목소리로 말했지만 나는 고개를 들 수 없었습니다. 글을 쓴다며 내가 하는 일이라곤 자기와 마주한답시고 끊임없이 과거의 상처를 들쑤시거나 아무것도 하지 않은 채 누워 괴로워하는 게 전부였습니다. 한마디로 싸구려 자해를 하는 것에 불과했죠.

나는 속이 뒤집어져 술만 들이켰습니다. 나를 뺀 나머지가 신이 나서 대단해, 대단해라며 떠드는 걸 듣고 있자니 짜증이 났습니다. 만약 내가 걔들이 말한 것처럼 정말 대단한 인간이라면 왜 숨쉴 때마다 뒤지고 싶다는 생각을 하겠어요? 총이 생기면 관자놀이를 쏘는 대신, 총구를 입천장 뒤로 겨누고 쏘아야 한다는 걸 어떻게 기억하고 있겠어요? 나는 손을 들어 하이볼을 한 잔 더 주문했습니다. 종업원의 손에서 낚아채듯 잔을 받아 한번에 들이켜는데 귓등으로 지윤의 말이 스쳐지나갔습니다. 천천히 마셔. 작가랑 술을 마시다니. 영광이다, 야……

정신을 차리니 나는 골목에 서 있었습니다. 검푸른 회색빛이 내려앉은 골목은 깜깜했고 그새 비가 왔는지 바닥은 젖어 있었습니다. 운동화 앞코와 남방 앞자락에 토가 묻어 있었습니다. 눈물이 방울방울 떨어지고 침이 거미줄처럼 늘어졌습니다.

"괜찮아?"

고개를 들어보니 상기된 얼굴의 지윤이 나를 보고 있었습니다. 자세가 조금 이상하다 싶었는데 손에 토사물이 묻어 있었습니다. 나는 바닥에 침을 탁 뱉었습니다.

"나 때문이야?"

"아니야. 괜찮아."

그런 다음 지윤이 중얼거렸습니다. "그럴 수도 있지." 귀 뒤에서 쌀알이 우수수 쏟아지는 것 같은 소리가 들렸습니다. 다시 한번 무언가 울컥하고 치솟았고 나는 바닥에 토하기 시작했습니다. 지윤의 목소리가 유리병 안에서 외치듯 뭉개져서 들렸습니다. 응. 좀 취한 것 같아. 내가 데리고 들어갈게. 걱정하지 마……

눈을 뜨자 아직 푸른 새벽이었습니다. 살이 닿는 거리에 지윤이 누워 있었습니다. 손가락을 들어 얼굴 가까이에 대자 살짝 벌어진 입에서 따뜻한 숨이 밀려나오는 게 느껴졌습니다. 많이 변했다고 생각했는데, 화장을 지운 걸 보니 어린 시절 그 얼굴이 그대로 남아 있었습니다. 그걸 보니 옛 생각이 났습니다. 쏟아지는 흰 조명, 첨벙하고 튀기던 물방울, 줄을 서 있는 매끄럽고 작은 몸들, 천장 높이 닿는 호각 소리와 붉은 팬츠 그리고……

순간 무언가 울컥하고 올라와 복도로 나왔습니다. 부엌이 눈에 들어와 급한 대로 싱크대에 엎드렸지만, 지난밤에 전부 게운 탓인지 아무것도 나오지 않았습니다. 나는 한참을 맑은 침만 흘리다 긴 복도를 따라 다시 지윤의 방으로 갔습니다. 혹시 깨운 건 아닐까 걱정했는데, 다행히 깊이 잠들었는지 나갈 때 자세 그대로였습니다. 나는 조금 축축한 남방을 들고 조심스레 집을 나왔습니다.

지도를 찾아보니 이곳은 지은의 집과 전철역을 사이에 두고 대칭을 이루고 있었습니다. 지은의 집은 동쪽, 이곳은 서쪽이었습니다. 나는 고민하다 커피를 한 잔 사서 가까운 공원으로 갔습니다. 순식간에 해가 떴습니다. 쨍하게 맑은 하늘을 보며 벤치에 앉아 한참을 생각했지만, 어제 무슨 일이 있었는지는 기억나지 않았습니다. 자괴감에 빠진 채 고개 숙여 애꿎은 머리만 쥐어뜯고 있는데 문득 머리 위에서 익숙한 목소리가 들렸습니다.

"김 상?"

고개를 들어보니 에코백을 멘 마이가 있었습니다.

"아, 맞네요. 아까 보고 혹시나 싶었는데."

내가 눈만 껌뻑이자 마이가 재빨리 덧붙였습니다. "나가는 거 봤어요. 같은 셰어 하우스 살거든요. 나랑 지윤이요."

나는 고개를 끄덕이고 엉덩이를 당겨 앉았습니다. 마이가 잠시 망설이더니 벤치에 앉아 가방을 옆에 내려놓았습니다. 고소한 냄새가 풍겨 슬쩍 안을 들여다보니, 장을 보고 온 건지 빵과 우유 따위가 들어 있었습니다. 이른 시간인데도 말끔하게 차려입은 모습에 역시 일본인은 깔끔하구나 은근히 감탄하고 있는데 마이가 물었습니다.

"몸은 좀 괜찮아요? 많이 취한 것 같던데."

"괜찮아요. 제가 무슨 실수 한 건 아니죠?"

"전혀요. 그냥 걱정되어서 물어본 거예요."

그렇게 말하며 마이가 손을 흔들었습니다. 그 행동이 어딘가 만화 같다고 생각하는데 마이가 부드러운 미소를 띠며 덧붙였습니다.

"김 상이랑 알게 되어 정말 기뻐요. 지윤과는 오랜 친구랬지요?"

나는 묘한 죄책감을 느끼며 말했습니다.

"같은 학교를 나온 건 맞는데 친하진 않았어요. 여기 와서도 어쩌다 우연히 만난 거고요."

"그렇구나."

마이가 가방끈을 매만졌습니다.

"실은 지윤이 그런 얘기를 한 적이 있거든요. 학교 다닐 때 외톨이였다고. 자기는 길게 사귄 친구가 별로 없어서, 그런 사람들 보면 부럽다고 했어요."

마이가 얼굴을 붉히며 나를 바라보았습니다.

"늦게라도 친하게 지내줘서 고마워요. 지윤은 참 좋은 사람이에요. 물론 김 상도요!"

마이는 할말을 다 해놓고 수줍은 미소를 지은 뒤, 아침 수업이 있다며 먼저 자리에서 일어났습니다. 나는 그가 주고 간 소금버터빵을 먹으며 부지런하고 건강한 미소의 산업 역군들 사이를 지나 집으로 돌아왔습니다. 때마침 출근하는 지은과 엇갈려 다시 이부자리에 눕자 자괴감이 나를 덮쳤습니다. 계속해서 뒈지고 싶다……는 기분이 드는 게 지난밤 술을 많이 마신 탓만은 아니었습니다.

비가 오는 주말이었습니다. 미술관에서 무료로 한국 영화를 틀어준다고 해서 아침 일찍 나갔습니다. 영화는 별 재미없었었지만, 오랜만에 한국어를 들으니 좋았습니다. 그 짧은 동안도 외국생활이라고, 나도 모르게 모국어에 대한 갈증이 있었던 듯했습니다.

한동안 여운을 곱씹으며 로비에 앉아 있는데, 누군가 내 등을 툭툭 쳤습니다. 돌아보니 마이였습니다.

"김 상."

마이가 수줍은 표정으로 뻐드렁니를 살짝 드러냈습니다.

"아까부터 보고 있었어요."

"어쩐 일이에요?"

"김 상이랑 똑같죠. 영화도 보고, 전시도 보고."

마이가 그런 바보 같은 질문이 어딨냐는 표정으로 웃곤 덧붙였습니다.

"김 상, 일찍 일어나서 좀 피곤한데 커피 안 마실래요?"

우리는 황궁을 따라 긴자 방면으로 걸었습니다. 달리기하는 사람들이 이따금 지나갈 뿐 거리는 한산했습니다. 운동화 앞코가 살짝 젖는 축축한 날씨였지만 기분만은 산뜻했습니다. 길을 따라 핀 수선화 잎은 짙푸른 색이었고, 빗방울로 일그러지는 잿빛 하천 위를 물닭 몇마리가 유유히 헤엄치고 있었습니다.

우리는 이따금 우산살을 맞부딪치며 이야기를 나눴습니다. 가끔 내가 헷갈리는 어휘가 있어 입을 다물면 마이에게서 곧장 한국어로 질문이 되돌아왔습니다. 나도 모르게 놀라 정말 잘한다고 감탄하니, 정확한 한국어 발음으로 "꼭 그렇지만은 않아요"라는 겸양의 말이 돌아왔습니다. 알고 보니 교환학생을 다녀온 적도 있더라구요. 각종 한국 영화와 드라마에 대해 줄줄 늘어놓는 마이는 상당히 여유 있어 보였습니다. 우리가 처음 만난 술자리에서 오한이 든 것처럼 발발 떨고 있던 모습과는 완전히 딴판이었죠.

"그나저나 좀 신기하네요."

카페에 들어가서도 끝없이 이어지는 드라마 얘기를 툭 자르자 마이가 고개를 들었습니다.

"뭐가요?"

"그냥요. 젊은 사람들도 한국 드라마 좋아하는지 몰랐어요."

"그래요? 꽤 인기 많아요. 전 옛날 걸 좋아하지만요."

마이가 좋아하는 작품을 나열했습니다. 전부 십 년도 훨씬 넘은, 기억상실이나 불치병이 주요한 소재로, 죽을병에 걸려서도 청순하고 아름다운 등장인물들이 구슬 같은 눈물을 또르르 흘리는 그런 유의 이야기였습니다. 나는 마이의 기분을 해치지 않도록 조심스레 물었습니다.

"좀 극단적이지 않아요? 사랑 때문에 목숨까지 걸고 그러는 거 너무 부담스럽잖아요."

그러자 마이가 눈을 둥그렇게 뜨고 말했습니다. "아, 김 상은 뭘 모르시는구나. 죽음까지 불사해야죠. 그러지 않는 게 사랑인가요."

지나가듯 한 말이었는데, 이상하게 인상에 남았습니다.

그날은 마이가 약속이 있다길래 커피만 마셨습니다. 헤어지기 전, 번호를 교환하며 마이는 자기가 하는 한국 영상 감상회가 있는데, 조만간 놀러오라고 했습니다. 빈 말인 줄 알고 그러마, 했는데 머잖아 마이에게서 정말로 연락이 왔습니다. 어차피 여기서 하는 일이라곤 카페에서 시간 죽이기뿐이고, 먼저 연락을 준 것도 기쁘고 해서 지은과 지윤을 함께 데려가니 마이는 얼굴이 붉어져 우리를 제일 상석에 앉히는 등 부산을 떨었습니다. 다른 멤버들도 한국인이 셋이나 오니 들뜬 표정을 감추지 못했고요.

우리는 감상회를 마치고 가까운 주점으로 자리를 옮겼습니다. 옆 테이블엔 다른 멤버들과 지은과 지윤이 앉고 우리 테이블엔 나와 마이, 나나미와 그의 남자친구가 앉았습니다. 내심 그 남자를 괜찮게 보던 나는, 그에게 애인이 있다는 사실보다 그게 나나미라는 사실에 더 깜짝 놀랐습니다. 남자가 아까워 보이는 커플이 흔하진 않잖아요. 하지만 십 분도 안 되어 금방 둘의 관계를 납득하게 되었습니다. 나나미의 성격이 화통한 데 비해, 남자는 얌전하니 재미가 없었습니다. 목소리가 높은 탓인가, 말할수록 기묘하게 깨 처음엔 괜찮았던 외모마저 못나 보였습니다. 그러면 그렇지, 하고 나는 쓴 술을 들이켰습니다. 모든 관계는 등가교환의 법칙하에 이뤄집니다. 연애 시장의 논리는 더 냉정하고요. 그 안에서 우리처럼 뚱뚱한 여자들이 살아남는 방법이 말발로 기를 죽여 꼬시거나 페티쉬에 의존하는 것 빼곤 얼마나 더 있겠어요?

그날은 〈써니〉를 봤는데, 잠깐 나온 학생운동 장면이 인상적이었는지 나나미가 한국 학생운동에 대해 물었습니다. 애써 아는 걸 끌어모아 더듬더듬 얘기하면서도 좀 놀랐습니다. 한국도 그렇지만 일본에서는 더, 그러니까 운동권이랄지 그런 건 사멸된 상태잖아요. 적군파 때문에요. 내가 그 얘기를 하자 나나미가 되물었습니다.

"맞아요. 어떻게 알았어요?"

"잘 몰라요."

나는 웃으며 고개를 저었습니다. 겸손한 척하는 게 아니라 정말로 몰랐습니다. 내가 적군파에 대해 아는 거라곤 여성 간부가 같은 여성 대원에게 화장을 하거나 머리카락을 빗었다고 자아비판을 시키고, 성추행을 당한 사실을 고발하자 네가 먼저 유혹한 게 아니냐며 그 대원을 두들겨 패 죽인 일 정도였거든요. 그러나 그 기이한 질투의 소용돌이에 대해 말할 순 없어 나는 엉뚱한 이야기만 했습니다.

"그때, 아사마 산장 사건 때 경찰들한테 식사로 컵라면 준 거 맞죠?"

그 말을 듣자 나나미가 킬킬댔습니다.

"아, 우리 엄마도 가끔 그 얘기 하는데."

역사에 남을 인질극을 생방송으로 본 그의 어머니는 아직도 마트에서 컵라면을 집을 때면 그날의 장면을 설명해준다고 했습니다. 눈부신 설원, 코끝과 손끝이 빨갛게 얼어붙은 경찰들이 한데 모여 김이 풀풀 나는 뜨거운 컵라면을 후루룩 삼키던 모습을요. 그 말을 들으니 나도 모르게 입에 침이 고였습니다. 그걸 보고 나나미가 잘 알겠다는 듯 은근한 눈길을 보냈습니다.

"맛있었을 것 같아. 그죠?"

사람이 죽은 사건에 덧붙일 코멘트가 그것뿐이라니. 징그럽기도 했지만 실은 나 역시 같은 생각을 하고 있어 입을 다물고 말았습니다. 그러거나 말거나 나나미의 이야기는 어린 시절 집착하던 음식으로 넘어갔습니다. 역시 우리 과체중 클럽의 회원답게 기이한 이야기가 나왔습니다. 그가 가장 먹고 싶어한 건 〈알프스 소녀 하이디〉의 흰 빵이나 〈월레스와 그로밋〉의 치즈가 아니었습니다. 그보다는 아주 맛이라곤 없을 것―〈오싱〉에 나온 쌀알 몇 개가 둥둥 떠 있는 미음이라든지, 러일전쟁 탈영병이 끓여준 누린내 나는 야생 너구리 국물 같은 것이었지요. 왜 그런 게 먹고 싶어? 가시처럼 깡마른 나나미의 남자친구가 이해할 수 없다는 듯 물었습니다. 먹어봐야 맛도 없을 텐데. 이야기를 좋아하니까 그렇지. 나나미가 말했습니다.

"예를 들어서 이거."

나나미가 주먹밥 하나를 들었습니다.

"이건 그냥 주먹밥이야. 쌀과 물과 소금으로 만들었지. 그게 전부야. 그 밖엔 아무것도 없어. 우리가 이걸 먹고 뭘 하는 것도 아니고 그냥 똥이나 싸겠지. 그치만 만약 여기가 전쟁 한가운데라고 생각해봐. 이 쌀은 어디서 났을까? 깨끗한 물은? 소금은? 이걸 먹고 우리는 뭘 할

수 있을까? 뭘 하든 지금 여기서 그냥 먹고 떠드는 일보
단 중요한 일을 할 수 있겠지? 그럼 갑자기 여기엔 의미
가 생긴다고. 수호할 가치도 생기고."

나나미가 갑자기 목소리를 낮추더니 내 쪽으로 몸을
기울여 말했습니다.

"있잖아. 옛날에 알던 사람 중엔 이런 사람도 있었어
요. 그 사람도 김 상처럼 글을 쓰는 남자였는데, 어느 날
나한테 이러는 거예요. 자기는 가끔 전쟁이 났으면 좋겠
다고 생각한대. 그러면 모든 게 뒤바뀔 거고, 예전 작가
들처럼 좋은 작품을 쓸 수 있을 것 같다고."

"그래서 그 사람, 뭣 좀 했어요?"

나나미가 고개를 저었습니다.

"아무것도요. 아직 글을 쓰는지도 모르겠네."

나나미가 잔을 들어 남은 맥주를 들이켜고는 덧붙였
습니다.

"그때는 그냥 무슨 소리야, 바보, 그건 네 지능 문제
아냐? 라고 했지만 솔직히 그 마음을 모르는 건 아니에
요. 그 사람은 뭔가를 기다리고 있었던 거예요. 그게 나
쁜 거든, 좋은 거든 세상을 순식간에 바꿀 만한 무언가
를요. 근데 그런 건 실은 없잖아요. 왜냐면 삶은 이야기
가 아니니까. 그러니까 김 상도 그런 걸 써요."

"어떤 거요?"

"이야기요."

나나미가 덧붙였습니다.

"삶 말고 이야기! 예를 들면 사랑과 죽음 같은 거요."

나는 그냥 웃고 말았습니다.

우리가 열심히 떠드는 동안 마이는 이따금 입을 가리고 웃을 뿐 한마디도 없었습니다. 원래도 술자리에서 말수가 많은 편은 아니었지만, 그날은 어디 아픈 게 아닌가 싶을 정도였습니다. 혹시 속이 안 좋냐고 묻자 마이가 고개를 작게 끄덕였습니다. 나는 마이를 부축하고 화장실에 갔습니다. 얘기에 빠져 있느라 몰랐는데, 쉬지 않고 마셨는지 마이의 얼굴은 위험할 정도로 검붉었습니다.

마이는 문을 열자마자 재빨리 화장실 칸 안으로 들어갔습니다. 잠깐 헛구역질 소리가 나더니 이내 잠잠해지고 이따금 무언가 쏟아지고, 물 내리는 소리가 들렸습니다. 등을 두들겨줄 걸 그랬나, 생각하며 하릴없이 손을 문질러 씻으며 마이가 나오길 기다리는데 때마침 지은이 들어왔습니다. 그가 립스틱을 꺼내 입술을 고쳐 바르다가 눈만 힐끔 돌려 물었습니다.

"많이 마셨어?"

"조금."

"그만 마셔. 너 또 취하면 여기 버리고 간다."

나는 고개를 끄덕였습니다. 거울 속 내 얼굴이 백정처럼 붉은 것에 반해 지은은 볼만 발그레하게 물들어 있었습니다. 말은 멀쩡하게 해도 취했는지 머리를 빗는답시고 점점 더 헝클어뜨렸는데 그것까지 자연스럽고 예뻤습니다. 이쁜 애들은 뭔 짓을 해도 이쁘구나, 그런 생각을 하며 감탄하는데 문득 거울을 보고 깜짝 놀랐습니다. 언제 나왔는지 마이가 뒤에 서 있었습니다. 〈링〉에 나온 비디오 귀신처럼 온통 앞으로 쏠려 흐트러진 머리칼 사이로 지은을 노려보고 있었지요. 천천히, 소리 없이 움직이던 마이가 입을 헹구고 화장실을 나갈 때까지 우리는 아무 말도 하지 못했습니다. 문이 닫히고 나서야 지은이 넋이 나간 표정으로 물었습니다. 야. 쟤 뭐야? 나역시 당황스럽긴 마찬가지였지만 태연한 척 굴었습니다. 글쎄. 취했나보다. 미친년 아냐? 왜 저래. 아냐. 착한애야. 취한 것 같애.

다행히 지은은 약간 툴툴댔을 뿐, 금방 잊고 나나미의 곁에 앉아 네일 이야기에 열을 올렸습니다. 나는 대충 빈자리에 앉아 맥주를 마시며 아까 본 마이의 무서운 표정에 대해 생각했습니다. 그런데 한참 대화에 열을 올리던 지윤이 마이를 힐끔 쳐다보더니 그의 뺨에 자연스레 손을 올렸습니다.

"속눈썹."

그런 다음 입김을 후 불어 빠진 눈썹을 날리더니 다시 대화로 돌아갔죠. 생각 없이 마이의 얼굴을 본 나는 물에 빠진 사람처럼 놀랐습니다. 지윤의 손이 닿은 부분을 매만지는 마이의 얼굴이 칼에 찔린 것처럼 일그러져 있었습니다. 나는 조명이 어두컴컴한 것에 감사하며 맥주잔을 들어 얼굴을 가렸습니다. 지윤을 좋아하는 건 마이인데, 어째서 내가 벌거벗은 것처럼 민망한지 알 수 없더군요.

*

하지만 지윤은 지은을 좋아하는 게 아닐까? 그런 생각은 오래전부터 갖고 있었습니다. 단지 의심일 뿐이었습니다. 만약 지윤의 외양이 남자 같지 않았다면 그런 생각은 하지 않았을지도 모르고요. 왜냐면 지은인 뭐랄까요, 한마디로 공주였거든요. 물론 그게 어떤 여자애들이 그애를 싫어할 근거가 될 때도 있었지만 대체론 다 지은에게 상냥했습니다. 여자들도 인간이라 예쁜 여자 좋아하거든요.

하여간 지은이 지윤의 작은 행동들 — 이를테면 길 한가운데서 떡하니 무릎을 꿇고 신발끈을 묶어준다든지, 도로를 피해 안쪽으로 걷게 한다든지 하는 걸 의식조차 하지 않는 반면 마이는 손끝만 스쳐도 큰 의미를 부여하는 듯했습니다. 좀 안타까웠습니다. 뭐랄까, 둘이 잘 안 될 거라는 건 딱 봐도 알 수 있었으니까요.

어쨌든 그날 밤엔 쉽게 잠이 오지 않았습니다. 그런 걸 오랜만에 보아서인가, 별의별 생각이 다 들었습니다. 우리 고모 생각도 났고요. 처음엔 그런 사람이 있는 줄도 몰랐는데, 명절에 어른들 얘기를 야금야금 듣다 보니 남자에 미쳐 집을 나간 분이 한 분 계셨습니다. 막내딸이라 사랑을 많이 받고 자랐다는데, 자기 부모도 안 보고 산다니 참 안됐다고 생각했었죠.

그런데 내가 고등학교에 들어간 해에 그분이 돌아온 겁니다. 니가 효진이니, 오빠랑 닮았다 이러면서 내 주머니에 둘둘 만 만원짜리도 꽂아주고, 전을 지지는 엄마 옆에서 알짱대며 기름만 잔뜩 튀겨놓더니 같이 사는 남자가 사기를 당해 돈이 필요하다, 농약이라도 먹고 칵 죽으려다가 염치없게 찾아왔다면서 집안을 뒤집어놓았었지요. 그때 이후로 계속 나갔다, 들어왔다를 반복하고 있고요.

나나미의 말이 옳아요. 사랑은 이야기 속에나 있어야 하죠. 그런 꼴이 되어도 죽지 않고 살아야 한다는 게 오히려 더 잔인한 것 같습니다. 어디서 객사라도 했다면 애틋하기라도 하지. 질기게 살아남은 탓에 아름답게 기억될 권리랄지, 그런 것도 빼앗긴 거잖아요. 안 그래요?

그러나 이런 나의 경계가 무색하게 마이는 멀쩡한 것처럼 보였습니다. 그 뒤로도 두어 번 정도 넷이서 볼 기회가 있었지만, 그때마다 지윤을 대하는 마이의 태도에는 딱히 특별한 점이 없었습니다. 처음엔 내 오해인가? 그날 너무 술을 많이 마셨나? 하고 어리둥절했지만 이따금 그가 지윤의 뒷모습을 좇을 때 설핏 내비치는 애틋한 얼굴이 내게 확신을 주었습니다. 그는 그냥 가면이 두꺼울 뿐이었습니다. 다른 겁쟁이들처럼요.

좀 안쓰러웠습니다. 한국이었다면 아는 사람이라도 소개해줄 수 있었을 텐데요. 처음엔 아니다 싶어도 보다 보면 정이 쌓이는 게 또 인간이잖아요. 아니, 뭐 막말로 지윤이 다시 없을 사람도 아니었고요. 얼굴은 괜찮아도 글쎄요, 지나치게 타이밍이 좋다고 할까요. 한국 영상물을 좋아하는 마이에게나, 외국생활에 지친 외로운 지은에게 정확한 때 뿅 하고 나타났잖아요. 그건 인간이 아니죠. 인간은 뭐랄까 좀더 짜증나고, 거리를 두고 싶고, 그러면서 계속 생각나게 하는 존재잖아요. 이를테면 내가 지윤을 생각하는 것처럼요.

며칠 뒤 지윤에게 연락이 왔습니다. 미술관 티켓이 생겼는데 가지 않겠냐고요. 왜 지은이 아닌 내게 묻나 했더니 지은은 그날 출근하는 날이라는 답이 돌아왔습니다. 둘이면 좀 어색할 거 같아 망설이는데, 내 속내를 눈치챘는지 지윤이 덧붙였습니다. 마이도 같이 가니 걱정 말라고요.

그러나 역 앞에서 만난 마이는 내가 오는 걸 몰랐던 듯했습니다. 전날 새벽 비가 와 꼭 초봄처럼 쌀쌀한 날씨에도, 달랑 얇은 원피스 하나만 입은 마이의 새파란 얼굴 위로 놀란 표정이 떠올랐다가 이내 웃음으로 지워졌습니다.

"아, 김 상도 왔군요."

실망을 감추고 나를 반기는 게 고맙기도, 마음이 아프기도 해서 미술을 좋아하느냐 묻는 마이에게 대답했습니다.

"아니요. 그냥 한번 보려고요. 재미없으면 금방 나올지도 몰라요."

그 말대로 나는 전시를 보는 둥 마는 둥 적당히 눈치

를 보다가 둘을 남겨두고 빠졌습니다. 아쉽거나 그렇진 않았습니다. 외려 안에 있으니 냉방이 지나치게 강해 뼈가 시렸는데, 밖에 나오니 개운했습니다. 죽은 사람의 그림이나 보고 있긴 아까울 정도로 날씨가 좋기도 했고요.

나는 근처 공원에 가서 산책을 했습니다. 단체 소풍을 온 건지 중학생 무리가 많았는데, 다들 미술 따윈 알 바 아니라는 듯 휴대폰 게임을 하거나 삼삼오오 모여 수다를 떨고 있었습니다. 바보야! 누군가 등뒤에서 소리쳤습니다. 코에 훅하고 비린내 같은 게 끼쳐 돌아보니 남자애 하나가 앞서 달리고 있었고 여자애가 그 뒤를 쫓고 있었습니다. 여자애에게 붙잡힌 남자애는 투덜거리며 맞으면서도 환하게 웃었습니다. 그것만으로도 충분히 아름다웠는데, 때마침 나무 그늘을 벗어난 두 사람 위로 녹인 금 같은 햇살이 쏟아졌습니다. 내게는 너무나 멀어 질투조차 나지 않는 풍경이었습니다.

마치 방금 전시실에서 본 그림이 살아서 움직이는 듯한 모습을, 한동안 넋이 나가 눈으로 쫓고 있는데 주머니 속 휴대폰이 울렸습니다. 어디냐고 묻는 마이의 전화였습니다. 나는 바로 앞이라고, 금방 돌아간다고 한 뒤 전화를 끊었습니다. 둘에게 시간을 주기 위해 천천히 걸어 미술관 앞으로 가자 벤치에 앉아 있던 마이가 벌떡 일어나 종종걸음으로 다가왔고, 그 뒤를 지윤이 따랐습니다. 마이의 어깨엔 지윤의 재킷이 걸쳐져 있었고요. 잠시 스스로를 칭찬하고 있는데 마이가 들뜬 목소리로 물었습니다.

"여기 정원 조각도 유명한데. 봤어요?"

"네. 아까 잠깐."

"뭐가 제일 좋아요?"

실은 별생각 없었지만, 때마침 가까이에 〈지옥의 문〉이 있어 가리켰습니다.

"이거요. 유명한 거죠?"

마이가 고개를 끄덕였습니다.

"로댕이에요."

"뭔가 웃기다."

지윤이 휴대폰 화면을 내밀어 〈지옥의 문〉의 검색 결과를 보여주었습니다.

"육욕의 죄를 지은 죄인들이 가는 곳이래."

우리는 한동안 서서 〈지옥의 문〉을 바라보았습니다. 유명한 작품이라 그런지 사람들이 계속해서 줄을 서듯 모여들고 있었습니다. 나는 조각상에서 조금 떨어진 자리에 서 있는 여학생 둘을 발견했습니다. 친구인가? 그러나 둘은 바싹 붙어 있으면서도 어딘지 어색해 보였습니다. 그건 뒷모습만으로도 두 사람이 같은 카테고리에 속해 있지 않다는 게 보이기 때문이었습니다. 하나는 짧게 줄인 교복 치마를 입고, 정성 들여 고데기를 했는지 구불거리는 머리를 한 소녀였습니다. 반면 다른 하나는 단발머리에 포대 자루 같은 교복을 입고 있었고요. 여학생이란 걸 빼곤 같은 점이 없었습니다.

등뒤에서 헉헉 소리가 들렸습니다. 돌아보니 아까 본 남자애와 여자애였습니다. 남자애가 미술 애호가들 사이를 비집고 들어가 단발머리 여자애의 등을 치더니 말했습니다. 선생님이 오래. 그러곤 대답을 기다릴 필요도 없다는 듯 돌아서 다시 달리기 시작했습니다. 기다려, 바보야! 같이 왔던 여자애가 외쳤습니다. 무시할 줄 알았는데, 남자애는 의외로 걸음을 멈추더니 여자애가 옷자락을 슬쩍 잡을 때까지 기다렸습니다. 그러자 여자애가 힐끔 뒤를 보고 어딘가 도전적인 미소를 지었습니다. 두 사람은 천천히 길가로 나갔습니다.

가자. 그때까지 아무 말 않고 있던 단발머리가 조심스레 입을 열었습니다. 그 순간 구불거리는 머리의 소녀를 보고 깜짝 놀랐습니다. 대단한 미인이었습니다. 그보다 놀라운 건 그 고운 얼굴에 서린 도깨비 같은 원한이었습니다. 분노가, 파란 냉기처럼 뿜어져 나왔습니다.

보는 우리까지 얼어붙게 만드는 에너지라 나는 한동안 아무 말도 못했습니다. 조금 시간이 지난 뒤에야 간신히 농담을 던질 수 있었습니다.

"육욕의 지옥 맞네."

"그러게요."

마이가 웃으며 대꾸했습니다.

"이만 가자. 퇴근시간에 맞물리면 안 되니까."

그렇게 말하는 지윤의 얼굴에도 웃음기가 묻어 있었습니다. 그러나 전철을 타고 돌아오는 내내 우리 셋은 나란히 앉고서도 무표정하게 창밖만 내다보았습니다.

I역에 내린 뒤 우리는 가까운 술집으로 갔습니다. 밥을 먹지, 빈속에 술부터 마실 생각인가 했는데 곧 의문이 풀렸습니다.

"어! 여기!"

가게문을 열고 들어가자 스툴에 앉아 있던 지은이 손을 번쩍 들었습니다. 안쪽에서 사장이 어딘지 친근한 태도로 눈인사를 했습니다. 가까이 가보니 테이블 위엔 귀퉁이가 무너진 치즈케이크 한 조각이 있었습니다. 메뉴엔 없는 것 같아 물었더니 사장이 사다줬다고 했습니다. 일본인들이 친절하다곤 하지만 서비스업이 거기까지 발달했다니. 야, 역시 일본은 다르다고 했더니 지은이 웃으며 말했습니다. 그런 게 아니라, 둘이 친구라나요. 나는 멍청하게 되물었습니다.

"친구? 무슨 친구?"

"친구가 그냥 친구지, 뭐."

"몇 살인데?"

"야, 그런 걸 누가 따져."

지은이 다 알면서 뭘 묻냐는 얼굴로 내 팔을 살짝 꼬집고는 접시를 들어 안쪽 테이블로 자리를 옮겼습니다. 나는 조금 얼떨떨한 상태로 그 뒤를 따랐습니다.

그날은 야구 경기가 있어, 우리가 자리를 옮긴 지 얼마 안 되어 술집은 만석이 되었습니다. 분명 지은이 미리 주문을 한 것 같진 않은데, 테이블 위엔 꼬리를 이어 계속 새 접시가 등장했습니다. 다른 사람은 몰라도 개랑 같이 사는 나는 알았습니다. 모든 음식이 다 지은이 좋아하는 것들이라는 걸요.

그러나 지은은 그 모든 걸 젓가락 끝으로 조금씩만 베어먹고 나머지를 은근히 내 앞으로 밀어뒀습니다. 쟤 또 밉상짓하네, 싶었지만 그보다 먹고 싶은 마음이 더 커서 나는 눈앞에 보이는 걸 게걸스레 집어삼켰습니다. 야구 팬들의 응원가가 나를 독려하는 것처럼 느껴져 나는 더욱더 기운차게 음식을 쓸어넣었습니다. 취기가 오르고,

배가 터질 듯 불러 불쾌해질 즈음 그때까지 이상하게 얌전하게 있다 싶던 지윤이 입을 열었습니다.

"뭐라고?"

얼굴이 붉어진 지은이 큰 소리로 외쳤습니다. 때마침 홈런이라도 쳤는지 손님들이 탄성을 내지르는 바람에 지윤의 목소리가 묻혀버렸기 때문입니다. 잠잠해진 틈을 타 지은이 다시 한번 물었지만, 지윤은 됐다며 팔짱을 꼈습니다. 그 방어적인 태도가, 묘하게 공격적으로 느껴져 분위기가 싸늘해질 찰나, 사장이 장막을 헤치고 들어왔습니다.

"조금 시끄럽지? 미안."

"괜찮아요." 지은이 웃자 눈앞의 사장이 사르르 녹는 게 보였습니다. 그가 싱글벙글하는 웃음을 숨길 생각도 않고 물었습니다. "뭐 더 줄까?"

"잠깐만요." 지은이 다시 미소로 화답한 뒤 내 쪽으로 몸을 기울여 한국말로 속삭였습니다. "야, 먹고 싶은 거 골라. 다 시켜." 나는 고개를 저었습니다. 배가 부르기도 했지만, 그러고 싶은 마음이 안 들었거든요. 그러나 지은은 메뉴판을 내밀며 나를 재촉했습니다. "괜찮아. 오늘만 먹어. 먹고 좀 걷다가 들어가면 되지." 살찔까봐 안 먹는다고 한 거 아닌데. 결국 등 떠밀리듯 소고기 아스

파라거스볶음과 토마토절임도 먹고, 거기에 지은이 시킨 후식용 아이스크림까지 받아 일어났을 땐 배에 바늘 하나 들어갈 틈도 남아 있지 않았습니다.

"사장님! 잘 먹었어요!"

지은이 카운터 안쪽으로 몸을 기울여 뒤돌아 있던 사장에게 인사를 했습니다.

"얼마예요?" 예의상 묻는 게 보였지만 사장은 얼굴이 시뻘게져서 손을 저었습니다. "아냐, 아냐. 괜찮아. 그러지 마." 그러고는 카운터에서 나와 지갑을 꺼내 든 지윤을 말리더군요.

"야, 됐어, 니가 돈이 어딨다고 그래." 지은이 한국말로 사장을 거들었지만, 지윤은 막무가내였습니다. 일이 재밌게 됐네 싶어 한발 떨어져 누가 이기나 지켜보는데 승부는 의외로 짧게 끝났습니다. 어떻게 여자한테 돈을 내게 할 수 있느냐는 사장의 말에 지윤의 기가 순식간에 꺾였거든요. 사장이 쐐기를 박듯 덧붙였습니다. "게다가 이런 미인 분들한테. 그렇죠?"

"고마워요. 잘 먹었어요."

지은이 약간 기대듯 몸을 꼬아 사장에게 인사를 했습니다. 그 동작이 너무 부드러워 나는 새삼 감탄을 했습니다. 그건 내가 해본 적도, 할 일도 없어 보이는 움직임

132

이었어요. 뭐랄까, 자기가 예쁘다는 걸 아는 애들만 할 수 있는 그런 동작이었죠.

사장은 문밖까지 따라 나오더니 사람 좋은 웃음을 지으며 우리를 향해서 깍듯이 고개를 숙였습니다. 다음에 또 와요. 힐끗 돌아보니 사장은 거리가 꽤 멀어졌는데도 그대로 가게 밖에 서 있었습니다. 그걸 보니 그가 불이 꺼진 차가운 주방 구석에 쪼그려앉아, 지은의 잇자국이 남은 음식을 핥아먹는 모습이 그려지면서 묘하게 흥분이 되더군요.

그사이 내린 비로 바닥은 젖어 있었습니다. 초여름 밤이지만 조금 쌀쌀했습니다. 소리도 언 듯 조용했습니다. 그걸 뚫은 건 지윤의 한마디였습니다.

"저 사람 너 좋아해?"

그 말에 지은이 눈을 둥그렇게 떴습니다. "아니?" 그러더니 금방 심술궂은 표정을 짓고 다시 웃었습니다.

"그래 보이지?"

"만날 거야?"

"글쎄. 사귀잔 소리 안 했는데?"

"근데 왜 받아먹어?"

"어?"

"왜 공짜로 받아먹냐고. 거지도 아니고."

지윤이 잇새로 뱉은 소리가 울려퍼졌습니다. 심장이 내려앉는 기분이었어요. 그때껏 고개를 숙이고 얌전히 걷고 있던 마이가 몸을 떠는 게 느껴졌지요.

"니가 뭔데?"

싸늘한 얼굴로 지은이 말했습니다.

"니가 뭔데 그딴 소릴 하냐고."

지윤은 아무 말도 하지 않았습니다. 지은이 입을 벌리다가 다시 다물곤 인사도 없이 앞서 걸었습니다. 나는 눈치를 보다 두 사람에게 작게 손을 흔들고 지은의 뒤를 쫓았습니다.

"미친년이."

지은이 집에 들어오자마자 가방을 집어던졌습니다.

"말을 그딴 식으로 해? 좋다고 받아 처먹을 땐 언제고."

지은은 한동안 혼잣말로 중얼대더니 갑자기 뒤를 휙 돌아 내 얼굴을 쳐다봤습니다. 나는 흠칫 놀라 몸을 떨었습니다. 그 분노한 표정에서 내 편도 안 들고 뭐하냐, 는 말을 읽을 수 있었지만, 나는 모르는 척 먼저 씻으라며 내 방으로 숨어 들어갔습니다. 잠시 뒤 욕실에서 물이 쏟아지는 소리가 들렸습니다. 나는 안심하는 한편, 부대끼는 마음을 정리하느라 한동안 방안을 서성였습니다.

지윤처럼은 아니었지만, 내 자존심이 상하지 않은 것도 아니었거든요. 예쁜 친구 옆에서 몇 번 콩고물을 받아먹을 수는 있지만 그건 내 것이 아니었습니다. 또 괜히 수틀리면 나한테 불똥 튈 수도 있었고요. 난 남자들의 비열한 속성을 잘 알았거든요. 처음엔 젠틀한 척, 점찍은 여자의 주변인에게 서글서글하게 굴지만, 뜻대로 안되면 금방 가면을 벗었지요. 이 돼지 년아, 너 때문에 잘 안됐다, 이러면서.

쓸데없는 생각을 한 탓인지 이상한 꿈을 꾸었습니다. 나는 벌거벗은 채 거대한 수영장에 서 있었습니다. 왼쪽. 오른쪽. 아무도 없는 줄 알았는데 맞은편에 붉은 팬츠를 입은 남자가 보였습니다. 그와 눈이 마주쳤다고 생각해 얼굴이 달아올랐는데 잠시 뒤 내 착각이란 걸 알았습니다. 그에겐 얼굴이 없고, 그 자리엔 커다란 구멍만 있었거든요.

도망가려고 했지만 발이 떨어지지 않았습니다. 고개를 돌릴 수도, 눈을 깜빡일 수도 없었습니다. 그가 물속으로 뛰어들었습니다. 상어처럼 빠르고, 인어처럼 매끄러운 움직임이었습니다. 비명을 지르려는데 입이 벌어지지 않았습니다. 몸속에서 무언가가 풍선처럼 부풀어올랐고, 간신히 바늘 하나가 빠져나갈 구멍으로 옅은 신음이 새어 나온 순간 그가 물에서 나왔고⋯⋯

나는 축축이 젖어 눈을 떴습니다. 다시 눈을 깜빡이기도 전에 꿈은 급격히 희미해졌지만 영 뒤숭숭했습니다. 어기적어기적 걸어서 거실로 나가니 지은은 벌써 옷을 갈아입고 싱크대 앞에서 이를 닦고 있었습니다. 괜히 혼자 민망해 목도 안 마르면서 물을 따라 마셨는데, 지은은 부글거리는 흰 거품을 뱉고 헛구역질을 하며 혀까지 싹싹 닦은 다음 개운한 얼굴로 나를 돌아보았습니다.

"일찍 일어났네. 오늘 어디 가?"

"아니. 그냥."

"잘됐다. 이따가 택배 하나 올 거거든. 그것 좀 받아줄 수 있어?"

"뭔데?"

"김치. 엄마가 보낸 거."

거기에 지은이 덧붙였습니다.

"내가 연락해둘 테니까, 도착하면 지윤이한테도 좀 가져가라고 해."

나는 방으로 들어가는 지은에게 물었습니다.

"어제 싸운 줄 알았는데."

"그건 그거고. 이건 이거지."

지은이 묶은 머리를 검은 망에 씌우며 걸어 나왔습니다.

"걘 그런 거 싫어하니까. 지윤이는, 뭐라 그러지?"

지은이 자문자답했습니다.

"좀, 독립적이잖아? 머리도 짧고."

거울을 통해 날씬한 몸을 앞뒤로 비춰 보고 구레나룻을 몇 번 매만진 지은이 가방을 들고 일어섰습니다.

"뭐, 사람마다 각자 삶의 방식이 다른 거지. 나 간다, 부탁해!"

나는 썰렁한 집에 남아 아침을 먹었습니다. 간만에 혼자 차분히 앉아 뜨거운 커피를 홀짝이자니 여러 가지가 스쳐나갔습니다. 주로 지난밤의 장면들이었습니다. 사장은 수염을 약간 기른, 호남형의 젊은 남자였습니다. 눈썹이 짙고, 털이 많은 전형적인 남방계 얼굴이었지요. 눈에 띄게 잘생긴 건 아니었지만 어디 가서 누구한테 보일 때 부끄럽진 않을 것 같았습니다. 이제껏 내게 집적댄 남자들하곤 수준이 달랐죠. 만약 거기 전철의 광인 할아버지도 포함된다면요.

한숨이 나왔습니다. 지은은 아니라고 했지만 머잖아 두 사람이 만날 거란 건 거의 확실했습니다. 문득 동경의 번화가에서, 남편과 함께 작지만 건실한 가게를 꾸리며 자식을 낳고 사는 지은을 상상하자 아주 중요한 걸 놓친 기분이 들었습니다. 나는 이대로 괜찮은 건가? 이렇게 젊은데도 아무것도 아닌데. 이러다 평생 아무것도 아니게 되는 게 아닌가?

우울한 상념에 빠져 있는데 택배가 도착했습니다. 묵직한 상자를 간신히 부엌까지 끌고 가 테이프를 뜯자 빵빵하게 부풀어 금방이라도 터질 것 같은 비닐봉투가 보였습니다. 조심스레 봉투 입구를 열자 순식간에 집안 가득 김치 냄새가 퍼졌습니다. 어찌나 많이 보내주셨는지, 꺼낸 김치를 큰 통 두 개에 꽉 차도록 나누어 담았는데도 봉투 안에 두 포기는 더 남아 있었습니다. 나는 냉장고에 김치통을 넣고 창을 열어 환기를 시킨 뒤 지윤에게 메시지를 보냈습니다.

한 시간쯤 뒤 초인종이 울렸습니다. 잊고 있던 어젯밤 일이 떠올라 얼굴이 딱딱하게 굳었는데, 지윤이 바보처럼 놀란 표정을 짓는 바람에 웃고 말았습니다.

"우와, 냄새."

"대박이지."

"한국인 줄 알았어."

나는 풀어진 분위기에 안심하며 부엌으로 향했습니다. 돌아보니 지윤의 손에서 쇼핑백이 달랑이고 있었습니다. 겨우 저기에 담아 가려고 하나 싶어 빤히 쳐다보니 지윤이 안에서 리본이 달린 작은 상자를 꺼냈습니다.

"쿠키인데, 오는 길에 사왔어. 여기 거 지은이가 좋아하거든." 지윤이 상자에 코를 대고 킁킁댔습니다. "막 구운 건데. 냄새 배겠다."

"방에 두면 괜찮겠지, 뭐."

나는 남은 두 포기 중 하나를 봉투에 담아주었습니다. 전부 주려고 했는데 지윤이 고개를 저었습니다. 아직도 많다고, 냉장고에 한가득이라고 하자 지윤이 민망한 듯 덧붙였습니다.

"아냐, 괜찮아. 실은 김치 잘 안 먹기도 하고."

"야, 뻥치지 마. 안 먹는데 왜 받아 가."

가볍게 지윤의 어깨를 치며 말을 뱉자마자 내 실수를 깨달았습니다.

"지은이가 억지 부렸구나?"

"……"

"억지로 안 받아 가도 되는데."

"아냐. 나 김치 좋아해. 찌개 끓여 먹는 것도 좋아하고."

지윤이 나를 달래듯 덧붙였습니다.

"익은 건 또 빨리 먹어야 하잖아. 그치?"

나는 장을 볼 겸 지윤과 함께 집을 나섰습니다. 큰 마트가 지윤의 집 근처에 있어 어쩌다 보니 같이 걷게 되었습니다. 딱히 할말이 없어 김치만 받으러 나온 거냐고 물으니, 잠깐 약속이 있어 나갔다 오는 길이라는 답이 돌아왔습니다. 그러고 보니 평소랑은 차림새가 좀 달랐습니다.

평소에도 좀 과잉되긴 했지만, 그날따라 왁스를 바른 머리와 기묘한 눈화장이 시간이나 유행을 이상한 방향으로 비껴간 것처럼 보였습니다. 꼭 안 팔리는 인디밴드 멤버 같았지요. 그걸 촌스럽다고 해야 할지, 개성 있다고 해야 할지 혼자 고민에 빠졌는데, 문득 지윤의 시선이 한군데에 고정되어 있다는 걸 깨달았습니다. 그가 보고 있는 건 모텔촌에 있는 커다란 이층 카페였습니다. 아는 사람을 본 걸까 싶어 거대한 통유리 창을 힐끔댔더니 내 시선을 눈치챈 지윤이 말했습니다.

"옛날에 저기서 알바했었다?"

"누가? 너?"

"아니. 지은이가."

지윤이 고개를 조금 쳐든 채 말을 이었습니다.

"그때 나, 여기 온 지 얼마 안 됐었거든. 말도 잘 못하고 아는 사람도 없고. 무작정 와서 적응도 못하고 힘들어하고 있는데, 우연히 저기서 지은이를 만난 거야. 보자마자 딱 알았지. 걔가 지은이라는 걸. 근데 지은이는 나를 모를 거 같더라고. 그래서 매일 찾아갔어. 시간 될 때마다 매번. 좀 눈에 익었다 싶을 때 말을 거니까, 걔는 내가 자주 왔던 건커녕 같은 한국 사람인지도 모르고 있더라. 내가 저기요, 이러니까 얼마나 놀라던지."

나는 지윤의 옆얼굴을 물끄러미 바라보았습니다. 쟤는 알고 있을까. 지금 자기가 이 이야기를 하면서 일 센티 정도 공중에 떠서 걷고 있는 걸. 좋아하는 마음을 숨기려는 생각도 없다는 듯이, 사방에 포자처럼 흩뿌리고 있는 걸 알고 있을까, 싶었습니다.

조금 쓸쓸한 마음이 되어 주택가 쪽으로 들어서려는데 지윤이 들를 곳이 있다며 내 팔을 잡았습니다. 그는 시내의 한 베이커리에 들어가더니, 잠시 뒤 아까와 같은 쇼핑백을 건넸습니다.

"이게 뭐야?"

"그냥. 이게 더 나을 거 같아서."

순간 이유를 알 수 없는 화가 울컥 치솟았습니다. "냄새 뱄을까봐?"

지윤이 변명처럼 덧붙였습니다. "지은이 걔, 비위 약하잖아."

"그럼 집에 있는 건 누가 먹어?"

지윤이 작은 신음소리를 내며 내 눈치를 살폈습니다. "버리긴 아까운데."

"아."

나는 빈정 상한 걸 숨기기 위해 일부러 더 과장해서 비비꼰 말투로 말했습니다.

"버리는 건 나 먹고 새거는 지은이 주라고?"

"그런 게 아니라."

"됐어. 아이고 무슨 말 하려나 했네."

"아냐. 버리긴 왜 버려. 멀쩡한 건데. 이게 더 큰 거야. 둘이 나눠 먹고 그건 나 줘."

"됐다. 같은 친구인데 이렇게 차별하는구나."

어이가 없게도 그 말을 하는데 눈물이 날 것 같더군요. 걔가 우리를 똑같이 보지 않는 건 내가 더 잘 알면서 말이에요.

결국 지윤은 쿠키 한 상자를 더 사서 내게 건넸습니다. 그런다고 내 기분이 달래지는 건 아니었지만 그냥 받았습니다. 다행히 지윤은 내 눈치를 보며 나를 더 짜증나게 하지 않고, 서서히 골목의 빛 속으로 사라졌습니다.

나는 혼자 이른 저녁 식사를 했습니다. 그럴 생각은 없었지만 어딘지 모르게 화가 나서, 전기밥솥을 통째로

빼 든 채 돼지간 부추볶음과 닭껍질구이, 팽이버섯과 유부를 넣은 일본식 된장국과 함께 먹어치웠습니다. 두 그릇 반부터는 뱃속에 돌이라도 들어앉은 듯 부대꼈지만 나를 시험하듯 억지로 밀어넣었습니다. 결국 밥솥을 다 비운 나는 그 상태 그대로 드러누워 짧은 낮잠을 잤습니다.

눈을 뜨자 어스름도 없이 바깥은 캄캄했고, 얼굴은 무시무시하게 부어 있었습니다. 나는 뒤늦게 자책에 빠져 보리차 한 잔을 마시고 얼굴을 주물렀습니다. 기분 전환을 위해 예능을 틀었지만 눈에 들어오지 않았고, 낮에 본 지윤의 생각만 불쾌할 정도로 커졌습니다.

곱씹을수록 그앤 한심하기 짝이 없었습니다. 솔직하게 말할 용기도 없는 주제에 혼자 멜로 영화 찍는다고 뭐가 달라지냐고요. 차라리 질러라도 보지. 그럼 한번 시험 삼아 만나줄지도 모르는데. 예전에 지은이 그런 말을 한 적이 있었습니다. 연예인 ×× 너무너무 예쁘지 않냐, 걔가 사귀자면 사귄다, 뭐 그런 얘기요. 내가 볼 때 ××는 지은과 판박이였고(결과적으로 자기애의 발현인 데다), 이성애자들의 그런 말을 진심으로 받아들이면 안 되지만 그래도 만나다보면 빠질지도 몰랐습니다. 성적인 문제는 도구의 발달과 지윤의 헌신으로 어느 정도 메워질 거라는 생각도 들었고요. 다른 건 몰라도 내 마지막 섹스보다는 나을 게 확실했습니다. 그때 나는 도 넛 생각을 했거든요. 왜, 그런 말이 있잖아요. 우주의 어 떤 부분은 암흑 물질로 되어 있다. 그건 텅 빔으로써 존 재하는 도넛홀 같은 거다. 그건 아무리 애를 써도 채울 수 없는 구멍이다……

밤늦게 퇴근하고 돌아온 지은은 김치를 보고 입을 떡 벌렸습니다. 지은은 줄기를 잘라 먹고 인상을 쓰더니 가 위를 씻어 넣으며 입맛을 다셨습니다. "아우 시어. 그냥 은 못 먹겠다. 볶든지, 찜을 해 먹든지…… 많기는 또 왜 이렇게 많아. 누구 줄 사람도 없는데."

"아." 그 말을 듣고 생각나는 사람이 있어 말했습니다. "마이 짱 줘도 돼?"

"그래도 되고."

지은이 내 옆에 쭈그려앉아 자연스레 쿠키 상자를 열 었습니다.

"이거는 어디서 사왔어?"

지윤 말대로라면 김치 냄새에 쩌들었을 쿠키를 아삭 거리며 먹는 지은을 보니 묘한 쾌감이 들었습니다. 나는 기분이 약간 나아져 가벼운 투로 말했습니다.

"지윤이가 김치 줘서 고맙다고 줬어. 니 것도 있어. 내 방에."

"그래?"

지은이 내 방에서 쇼핑백을 들고 나오며 혀를 내둘렀습니다. "하나면 됐지. 뭘 이렇게 많이 샀대." 지은이 매끄러운 리본을 풀고 상자를 열자 동그란 쿠키들이 거대한 하트 모양 쿠키를 가운데 두고 사이좋게 모여 있는 게 보였습니다. "예쁘긴 하다." 지은이 작게 중얼거리고는 상자를 이리저리 돌려 보았습니다.

"걘 그렇게 쿠키를 좋아하더라. 난 별론데."

나는 조금 놀라 되물었습니다.

"그래? 걘 니가 좋아한다고 하던데."

"그냥 그런데." 지은이 문득 생각난 듯 말했습니다. "아, 그건가. 예전에 걔 방에 잠깐 갔을 때, 걔가 쿠키 내줬었거든. 그때 맛있다고 해서, 그것 때문에 그런가."

"그럼 넌 뭐가 좋은데?"

"딱히? 있으면 먹고 없으면 안 먹는 거지." 지은이 쿠키 하나를 꺼내 입에 넣으려다가, 다시 내려놓고 상자를 리본으로 묶어 쇼핑백에 담았습니다.

"안 먹게?"

"나중에."

지은이 방안에 쇼핑백을 두고 나오며 새삼스레 인상

을 찡그렸습니다.

"야, 아우. 김치 냄새. 못 견디겠다. 빨리 볶아두기라
도 해야겠다."

지은은 화장도 지우지 않은 채 옷만 갈아입고 부엌에
섰습니다. 나는 그냥 두라는 말에도 괜히 참기름을 꺼내
고, 김치 국물이 묻은 도마를 찬물에 담그며 지은의 주
위를 서성였습니다. 창백한 부엌 등 아래 긴 젓가락으로
팬을 뒤적이며 서 있는 지은의 얼굴은 어쩐지 낯설었습
니다. 내 집요한 시선에 그가 물었습니다.

"왜?"

"아니, 그냥."

파운데이션이 반쯤 지워진 지은의 얼굴엔 기미가 올
라와 있었습니다. 늙은 공주나 나이 먹는 인형을 본 것
처럼 기분이 묘했습니다.

잠들기 전 김치를 주겠다고 메시지를 보내니 마이도
좋다고 했습니다. 내일은 종일 집에 있다고요. 알겠다고
하고 잠이 들었습니다.

눈을 뜨니 비가 오고 있었습니다. 아침을 먹고 좀 그
치면 가야겠다, 싶어 다시 잠들었는데 두어 시간이 지난
뒤에도 빗줄기는 가늘어지지 않았습니다. 예보를 보니

그날은 종일 비가 오는 날이었습니다. 다음날도, 그다음 날도 마찬가지였습니다. 그때는 몰랐는데, 내가 한국으로 돌아오기 전까지 이어질 긴 장마의 시작이었습니다.

나는 시간이 맞으면 마이와 함께 점심을 먹을 생각으로 출발했습니다. 어린애 손바닥만한 지은의 슬리퍼를 억지로 꿰신고, 돌아오는 길에 천 엔짜리 샌들이라도 하나 사야겠다 생각하며 터벅대는데 누군가 셰어 하우스 앞 쓰레기 수거함을 여는 게 보였습니다. 마이였습니다. 그런데 모습이 조금 이상하더군요. 수거함 안에 손을 넣을 땐 빈손이었는데, 꺼낼 땐 손에 봉투 하나가 들려 있었습니다. 마치 비디오를 거꾸로 돌리는 것처럼요. 나는 마이의 등뒤로 다가갔습니다.

"마이 쨩."

이름을 부르자 그가 작은 비명을 질렀습니다. 손에서 쓰레기봉투가 떨어져 바닥에 나뒹굴었습니다. 놀랠 마음은 없었는데. 나는 괜히 민망해져서 물었습니다.

"쓰레기 버리러 나왔어요?"

"네? 네."

마이가 쓰레기봉투를 주워 수거함에 넣으면서 붉어진 얼굴로 더듬거렸습니다.

"오시기 전에 메시지 달라고 했는데……"

"그랬어요?"

휴대폰을 확인해보니 정말로, 오시기 전에 메시지 한 통만 남겨주세요, 라고 얌전한 마이의 말투로 적혀 있었습니다. 나는 조금 어색하게 웃었습니다.

"여기 인터넷이 잘 안 터지더라고요. 그래도 타이밍이 맞아서 다행이네요. 그렇죠?"

나는 마이의 방까지 김치를 들어다주기로 했습니다. 마이는 여기서 기다리라며 한사코 거절을 했지만 보기보다 더 무겁다며 내가 억지로 밀어붙였습니다. 실은 마이의 방을 구경하고 싶은 마음이 제일 컸고요. 그러나 이층 계단을 절반도 채 올라가기 전에 지독한 냄새를 맡고, 마이가 거절을 한 이유를 알았습니다. 그건 일본인이 으레 그렇듯 민폐 끼치기 싫어서도, 외부인 출입 금지라는 셰어 하우스의 룰을 엄격하게 지켜서도 아니었습니다. 단지 그가 상상 이상으로 더러웠기 때문이었습니다.

정말이지 그런 방은 살다 살다 처음이었습니다. 방안에 꽉 찬 쓰레기봉투 때문에 문이 열리지 않을 정도라면 이해하실까요. 마이가 우그러뜨리는 소리를 내며 사람 하나 간신히 비집고 들어갈 만한 공간을 만들자 그 안에서 악취가 훅하고 풍겼습니다. 층계에서 맡은 냄새가 나

148

비의 날갯짓 수준이었다면 이건 권투 선수의 주먹으로 얻어맞은 것 같은 충격이었죠. 문밖이 이 정도인데, 어째서 그간 마이에게선 아무런 냄새를 맡지 못한 건지 알 수 없었습니다.

어찌나 고개를 푹 숙였는지 거의 등딱지에 숨은 거북이처럼 몸을 웅크린 마이가 손을 뻗었습니다.

"김치 주세요."

나는 조금 얼떨떨한 기분이 되어 방문 앞으로 다가갔습니다. 그러자 문틈으로 이미 사용한 생리대와, 이와 혀와 손가락을 총동원해서 싹싹 긁어먹고 남은 듯 보이는 과일 껍질들이 창틀에 늘어서 있는 게 보였습니다. 순간 온몸에 검은 벌레가 기어오르는 것 같아 나도 모르게 몸서리를 쳤습니다. 차라리 문을 여는 순간 말할걸. 마이 짱! 안 그렇게 생겨서 엄청 지저분하네요! 그리고 하하 웃기라도 했다면 농담으로 넘어갈 수 있었을 텐데……

마이는 폭력 남편이 간신히 잠든 직후, 불쑥 친정 식구라도 들이닥친 것처럼 허둥대며 나를 근처 패밀리 레스토랑으로 데려갔습니다. 내 계획은 마이의 방에서 추억만 있고 무의미한 캐릭터 상품과 작고 귀여운 액세서리, 배에서 딸기 향이 나는 곰 인형 따위를 구경하며 차

한잔을 한 뒤 천천히 점심을 먹으러 나오는 거였는데. 레스토랑에선 아직 모닝 세트를 팔고 있었습니다. 아침에 먹은 김치볶음밥은 아직 목구멍까지 꽉 차 있었고요.

목에서 신물이 올라왔지만 커피 한 잔만 홀짝일 순 없었습니다. 그건 지은처럼 마른 애나 할 짓이지, 나의 몫이 아니었습니다. 나는 부러 씩씩하게 스테이크를 시켰습니다. 직원이 더 시키실 건 없냐고 물어, 감자튀김과 닭튀김도 시켰습니다. 마이는 샌드위치와 커피를 주문했고요.

그렇게 어색하게 앉아 맞은편에서 커피를 홀짝이는 마이를 보는데 문득 걱정이 되었습니다. 아까 쓰레기 수거함에서 다시 주워 가려던 것도 그렇고, 방 상태만 봐도 문제가 있다는 건 분명해 보였기 때문입니다. 왜 쓰레기를 못 버리는 병이 있다잖아요. 겉보기엔 멀쩡해도 속이 곪은 사람들이 많다는데 마이가 그 경우가 아닌가 싶었습니다. 그 원인은 아마도 지윤을 향한 짝사랑 때문일 테고요.

나도 모르게 한숨이 나왔습니다. 곧 지은에게 남자친구가 생길 거라고, 그렇게 되면 지윤은 외로워질 것이고 그 품을 당신이 파고들면 된다고 말하고 싶었습니다. 그러나 입을 열려는 순간, 세 마리의 현명한 원숭이 이야기가 떠올라 나를 막았습니다. 눈을 감고, 귀를 막고, 입을 다물라. 나는 상념을 떨치기 위해 아무 말이나 꺼냈습니다.

"김치요, 너무 익었긴 한데, 맛있어요. 근데 좀 매울지도 모르겠네요."

"아녜요. 맛있기만 하던데요."

"어떻게 알아요?"

"어제 지윤이 나눠줬거든요."

본의 아니게 얘기의 주제가 지윤이 되어버려, 오히려 실패한 게 아닌가 싶어 울적해지려는 찰나 직원이 카트를 밀고 왔습니다. 나는 다행이라고 생각하며 고깃덩이를 크게 잘라 한입에 넣었습니다. 한 조각, 또 다음 조각. 전투적으로 욱여넣는 내 모습에 마이가 물었습니다.

"그렇게 맛있어요?"

나는 그냥 미소를 짓고 말았습니다. 그러곤 입천장이 델 정도로 뜨겁고, 타이어처럼 질긴 고기를 삼켰습니다.

퇴근 후 돌아온 지은은 가방만 내려놓더니 다시 나갔습니다. 그러곤 금방 돌아와 내 방문을 두드렸습니다. 나는 읽던 책을 내려두고 문을 열었습니다. 한 손에 봉투를 든 지은이 피곤한 얼굴로 이불 위에 주저앉았습니다.

"이거."

지은이 봉투를 내 쪽으로 밀었습니다. 열어보니 초밥 세트가 들어 있었습니다. 지은은 다시 나가 물 한 잔을 가져다주었습니다.

"어디서 샀어?" 젓가락을 쪼개며 물으니 지은이 답했습니다.

"산 거 아냐. 류 상이 준 거. 김치 갖다줬더니 고맙다고."

"류 상?"

"술집 사장." 망설이던 지은이 연어초밥에서 밥 절반을 덜어내곤 꿀꺽 삼켰습니다.

"맛있네. 얼른 먹어."

"너는?" 지은이 고개를 저었습니다. "지금 먹음 못 자. 김치는? 잘 갖다줬어?"

"응. 아까 낮에."

"둘이 친해진 줄 몰랐는데."

지은이 먹지도 않을 락교를 괜스레 뒤적이며 말했습니다.

"개 착해 보이더라. 처음엔 별로였는데, 볼수록 괜찮은 거 같애."

"응. 괜찮은 애야." 나는 주저하다가 한마디를 덧붙였습니다. "근데, 좀 지저분하더라. 안 그렇게 생겨가지곤."

"그래?"

"응. 무슨 병 있는 거 같았어. 수거함에서 쓰레기를 도로 줍더라니까."

내가 오늘 오전에 있었던 일을 말하자 지은이 묘한 표정을 지었습니다.

"왜?"

"아니 그냥. 그런 애들이 있어."

무슨 말인가 싶어 지은을 빤히 쳐다보니 그가 한숨을 푹 내쉬고는 이야기를 들려줬습니다.

처음 일본에 왔을 때 지은은 셰어 하우스에 살았답니다. 여성 전용이었는데 딱 한 번, 차가 끊기는 바람에 어쩔 수 없이 남자친구를 데려와 재웠대요. 화장실도 못 쓰게 하고, 아무에게도 안 들키게 해 뜨기 전에 내보냈는데 그날 저녁에 누가 문을 두드리더랍니다. 남자친구를 데려온 걸 들켰나 싶어, 일단 시침 뚝 떼자고 마음먹고 열어보니 아무도 없더랍니다. 누가 장난쳤나, 혼잣말하며 다시 들어가려는데 무언가 발에 밟혔고……

"그게, 콘돔이더라고."

"그…… 쓴 거?"

그럼 새겨겠느냐는 눈으로 지은이 나를 쳐다보곤 한
숨을 쉬었습니다.

"다음날이 쓰레기 버리는 날이었거든. 근데 열한 가
구에서 버린 쓰레기로 꽉 찬 수거함에서 내 거를 딱 뒤
져서 갖다놨더라니까? 물론 나도 잘한 건 없지. 잘한 건
없는데, 그래도 징그럽게 그걸 주워다놓냐? 그것만 아
니었어도 계속 거기 살았을 텐데. 그때 남친이 보증인
서준다고 하고, 월세도 반반씩 하자고 꼬셔서 그냥 나온
거지, 뭐."

진짜 미친년 많다니까. 지은이 툴툴대다가 턱짓으로
멈춘 내 손을 가리켰습니다.

"얼른 먹어. 너 먹는 거 보고 자게."

"어? 어."

나는 젓가락을 들어 참치초밥을 집었습니다. 뚜껑을
열 때부터 느꼈지만, 예상대로 입에 넣자 락스 냄새가
밀려왔습니다. 나는 밥알을 씹는 둥 마는 둥 물과 넘겼
습니다. 하나 더 먹어보려 하다가 도저히 안 되겠어서
뚜껑을 덮었습니다.

"왜? 다이어트?"

지은의 말에 나는 고개를 저었습니다.

"냄새 때문에."

"냄새?"

지은이 코를 킁킁댔습니다.

"이거 방금 산 건데. 손으로 막 쥔 거야."

"그게 아니라…… 넌 못 느꼈어?"

나는 망설이다 공항에 내린 순간부터 내 코를 때린 냄새에 대해 말했습니다. 지금은 익숙해졌지만, 잊을 만하면 가끔씩 락스 냄새 같은 게 풍긴다고요. 예상대로 지은이 얼떨떨한 표정을 지었습니다.

"진짜? 그런 게 나?"

"난다니까."

"그럼 안 먹을라고?"

나는 약간 짜증났지만 다시 한번 말했습니다.

"안 먹는 게 아니라 못 먹는 거지."

"아깝다. 비싼 건데."

지은이 한번 더 냄새를 맡더니 그대로 쓰레기통에 버렸습니다. 그 일말의 미련도 없는 행동을 보고 약간 뜨악해하는데 지은이 기지개를 켰습니다. 나 먼저 씻는다. 지은은 입이 찢어져라 하품을 한 뒤 눈물이 그렁그렁한 눈을 하고 농담처럼 덧붙였습니다. 얼른 씻고 자야지. 살라고 온 건데. 졸려서 죽을 순 없잖아.

그 주 주말에 다시 마이를 만났습니다. 우리는 신주쿠의 한국문화원에서 책을 빌리고, 영화 한 편을 본 뒤 가까운 일식집에 가 식사를 했습니다. 반찬으로 나온, 으깬 두부에 무친 뒤 빻은 깨를 듬뿍 뿌린 톳조림을 한입 먹으려는데 순간 속에서 욱하고 구역질이 치솟았습니다. 입을 막고 젓가락을 내려놓자 마이가 물어봤습니다.

"왜요? 혀 깨물었어요?"

"그게 아니라, 냄새가 나서요."

"무슨 냄새요?"

나는 망설이다 솔직하게 말했습니다.

"락스 냄새요."

"락스요?"

"아, 여기선 락스라고 안 하나. 소독약 냄새요."

기분 나빠할 수도 있다고 생각했는데, 마이는 조심스럽게 접시를 들고 코를 킁킁대더니 내 몫의 톳조림을 모조리 집어서 입에 넣었습니다.

"이러면 괜찮을까요."

우물대는 마이에게 고맙다는 말을 하자 그가 되물었습니다.

"비린내가 아니라 소독약 냄새예요?"

"네."

"혹시 물이 안 맞아요?"

"딱히 그렇진 않아요."

"아니면 알레르기라던가. 나이 먹어서 생기기도 한다던데."

그 말을 듣자 짚이는 바가 있었습니다.

"그건가. 실은 며칠 전에 초밥 먹는데도 그랬거든요."

"그래요?"

"네. 류 상이, 아, 전에 갔던 그 술집 사장 이름이 류 상인데, 류 상이 지은이한테 사다준 걸 얻어먹었거든요. 비싼 데에서 갓 쥔 걸 사다줬는데도 그러더라구요."

그 말을 듣자 말없이 반찬만 들척이던 마이가 은근슬쩍 물었습니다.

"저 좀 실례되는지도 모르겠지만, 혹시 두 분이 사귀나요?"

"누가요?"

"지은 상이랑 사장님이요."

"그렇지 않을까요? 말은 안 했지만."

"그렇구나."

마이가 얼굴을 붉히며 얼굴을 숙였습니다.

"죄송해요. 괜히 이상한 거나 묻고."

그러나 잠시 뒤 고개를 든 마이의 눈가는 설탕을 뿌린

것처럼 반짝반짝 빛났습니다. 그 설핏 드러난 아름다움에 눈을 떼지 못하는데, 마이가 활짝 미소 지은 뒤 입안 가득 흰 쌀알을 욱여넣었습니다. "어서 드세요. 식어요." 그걸 보자 잘난 친척들이 가득한 잔치에 참가한 망나니 자식처럼 갑자기 패악을 부리고 싶은 마음이 들었습니다.

나는 갑작스럽단 걸 알면서 열 살이 되던 해 방과후에 수영을 다니기 시작한 이야기를 꺼냈습니다. 다른 애들은 전부 무릎뼈가 툭 튀어나온 깡마른 몸이었는데, 나혼자 유전자조작 토마토처럼 뚱뚱해서 남자애들이 돼지 냄새가 난다고 했던 이야기요. 때마침 누군가 '붉은 돼지'라는 제목의 애니메이션이 있다는 걸 알아 와서 나를 놀렸습니다. 내 수영복은 빨강이 아니라 진분홍이었는데도요.

"그래서 한동안 별명이 붉은 돼지였어요."

"너무해."

말을 마치자 새파랗게 질린 마이가 밥그릇을 내려놓았습니다. 뱉지도 삼키지도 못해 불룩하게 부푼 볼이 꼭 볼거리를 하는 것 같았습니다.

"정말 너무해요, 남자애들은. 어린애들이라고 해도 용서할 수 없어."

마이가 젓가락을 쥔 손을 파르르 떨었습니다.

"돼지 냄새라니, 그런 게 날 리가 없잖아요."

나는 묘한 만족감을 느끼며 졸인 연근을 입에 넣었습니다. 적당히 졸여져 아삭하니 식감이 좋았고 무척 달콤했습니다.

"그런데 그땐 정말 나한테 냄새가 난다고 믿었어요. 나만 지나가면 애들이 코를 막고 인상을 썼으니까요. 착한 여자 친구들이 있긴 했지만 걔들이 나한테 잘해준다고 해서 남자애들이 준 상처를 씻을 수 있는 건 아니었어요. 그래서 이런저런 핑계를 대고 혼자 남아서 몇 번씩 거품을 내서 씻고 가고 그랬어요."

"그만두지 그랬어요."

나는 웃으며 고개를 저었습니다. 간장을 뿌린 두부는 차갑고 아주 부드러워 혀로 밀자 부드럽게 으깨져 목구멍으로 넘어갔습니다.

"그때 엄마가 일을 시작한 지도 얼마 안 됐었고……그런 말을 하면 엄마도 상처받잖아요."

"그럼 계속 다녔어요?"

마이가 젓가락을 내려놓고 냅킨을 잡아 뜯듯 움켜쥐었습니다. 그의 입에서 상처 입은 짐승의 신음이 새어 나왔습니다. 구겨진 마이의 얼굴은 다시 내가 아는 근심 걱정이 가득한, 소심한 여자애의 얼굴로 돌아가 있었습니다. 충분히 배가 불렀습니다. 나는 선심이라도 쓰듯 닭고기 한 점을 마이의 밥그릇 위로 옮겨주며 이야기의 결말을 들려주었습니다.

"아니요. 다음해에 그만뒀어요. 무슨 일이 생겨서……
거기가 문을 닫게 되었거든요."

그런 다음 덧붙였습니다.

"얼른 먹어요. 식겠어요."

우리는 근처 와인바에서 술 한잔을 했습니다. 처음엔 유명 소설가의 단골집이라는 지하의 재즈 찻집에 갔지만, 그날은 만석이었습니다. 가파른 돌계단을 거슬러오르며 저기는 겨울잠을 자는 짐승처럼 동그란 귀의 미소녀만 들어갈 수 있는 곳이라고 하자, 농담을 진지하게 받아들인 마이가 나를 달랜답시고 데려간 곳이 그 와인바였습니다.

가게엔 젊은 연인들이 대부분이었습니다. 어둡고 푸르스름한 조명 아래 앉아, 한입 크기로 작게 잘려 나온 치즈를 먹자 기분이 좋아졌습니다. 마이가 담배에 불을 붙였습니다.

"집에선 못 피우거든요. 목조건물이라."

그보다 쓰레기에 불똥 튀는 게 더 문제일 것 같은데
요. 나는 머릿속으로 마이를 놀리며 조용히 손을 내밀었
습니다. 마이가 담배와 라이터를 건넸습니다. 몇 년 만
에 담배를 피우니 좋기도 하고 어지럽기도 했습니다. 나
는 핑 도는 머리를 붙잡으며 입을 열었습니다.

"이런 덴 어떻게 알았어요? 보통은 애인이랑 오지 않
나?"

생각 없이 한 말인데, 마이의 얼굴이 붉어졌습니다.

"정말요?"

나도 모르게 믿기지 않는다는 투로 말해버렸습니다.
무척 무례한 태도였지만 마이는 기분이 상하지 않았는
지 약간 들뜬 목소리로 웃었습니다.

"안 믿기죠?"

"아녜요. 이제껏 그런 말 한 적 없으니까…… 어떤 사
람이에요?"

마이가 고심해서 고른 말은 생각보다 더 시시했습니
다.

"아름다운 사람이요."

"그게 뭐예요."

"착하고, 또, 음, 가끔 내 말을 잘 안 듣기는 하지만 그
래도 기본적으론 아주 순한 사람이에요. 세상이 그 사람

을 힘들게 해서 망가진 부분도 있지만, 그래도 가끔 그런 게 보일 때가 있어요. 뭐랄까, 본질 같은 게요."

마이가 가슴이 뿌듯한 듯 숨을 몰아쉬었습니다.

"그게 정말 아름다워요. 그걸 볼 수 있다는 것만으로 난 좋아요."

뉘앙스에서 지는 연애를 하고 있다는 게 느껴졌지만 마이만 그걸 모르는 듯했습니다. 어쨌든 나는 마이의 장단에 맞춰주었습니다. 지은의 연애사를 들을 때와 달리 정말, 진심으로 울고 웃으며 맞장구를 쳤습니다. 그게 가능했던 건 그다지 질투가 나지 않아서였습니다. 사진을 보여준 것도 아니어서 마이에게 애인이 있다는 게 실감나지도 않았고, 확률상으로 마이가 내 취향의 미남을 만나는 건 내가 내 취향의 미남을 만나는 것만큼 어렵기도 했고요.

자리에서 일어날 때쯤 우린 묘하게 서로를 안쓰러워하고, 또 그만큼 만족스러워하고 있었습니다. 심지어 마이가 사겠다고 하는 걸 내가 말리기까지 했지요. 그다지 취하지도 않았는데 우리는 다정하게 팔짱을 끼고 거리로 나왔습니다. 네온사인이 눈부신 데다가 공기가 맑은 아름다운 밤이라 우리는 신오쿠보까지 걸어가 전철을 타기로 했습니다. 가부키초 앞 신호등에서 북적이는 사람들을 구경하는데, 그 틈이 벌어지더니 갈색 난초 머리를 한 남자들이 지나갔습니다. 그중 하나가 무언가를 내밀었습니다. 반사적으로 잡고 보니 겉면에 호스트 바 이름이 적힌 휴대용 티슈였습니다. 생각 없이 주머니에 쑤셔넣으며, 새삼 이 밤거리에 특이한 사람들이 많구나, 라고 생각하는 순간 한 사람과 눈이 마주쳤습니다. 어. 나도 모르게 소리가 나왔습니다. 다시 한번 확인하고 싶었지만 그 사람은 이쪽을 돌아보지 않고 금방 인파 속으로 사라졌습니다. "왜요?" 신호가 바뀌자 걸음을 떼며 마이가 물었습니다.

"방금 지윤이 봤어요."

"예?"

마이가 목소리를 높였습니다.

"어디서요?"

"방금, 저기서요."

대충 넘어갈 줄 알았는데 마이는 길 한복판에 우뚝 멈춰 서더니 내가 가리킨 쪽을 뚫어져라 쳐다보았습니다. 졸지에 우리는 횡단보도 한가운데에 작은 섬처럼 서 있게 되었습니다. 이따금 성질이 더러운 사람들이 우리를 일부러 치며 미안하다는 말도 없이 지나갔습니다. 신호 등은 금방이라도 불이 바뀔 듯 깜빡였습니다. 나는 조금 초조해져서 덧붙였습니다.

"근데 잘못 본 거 같아요. 얼굴만 닮았지, 좀 이상한 옷 입고 있었거든요."

"혼자 있었어요?"

"아뇨. 어떤 나이든 여자랑 팔짱 끼고 있던데요."

"아." 마이의 얼굴이 굳었습니다. 그가 덤덤하게 덧붙이며 걸음을 재촉했습니다.

"잘못 보셨나봐요. 지윤이 이 시간에 여기 있을 리가 없잖아요."

나의 출국을 이틀 앞두고 우리 넷은 밥을 먹었습니다. 장소는 지은의 단골 술집이었죠. 이번에도 사장이 우리를 맞이해주었고, 가장 안쪽 자리로 안내해주었습니다. 문득 여긴 지은을 위해 항상 비워두는 건가 하는 생각이 들었고 그러자 뭐라 말할 수 없게 서글퍼졌습니다. 이 가게에 처음 온 날, 두 사람의 관계를 두고 무슨 친구냐고 물었던 일이 생각나 이제 와서 얼굴이 달아올랐습니다. 나는 괜한 수치를 빗방울과 함께 소란스레 털어냈습니다. 다 함께 모이는 마지막 밤이고, 그런 만큼 반드시 즐겁고 싶었으니까요.

천장에 달린 스피커에서 쇼와시대1926~1989년의 아이돌 노래가 나왔습니다. 노래를 따라 작게 흥얼거리던 지은이 입을 열었습니다.

"시간 참 빠르다. 온 지 얼마 된 것 같지도 않은데."

그 말에 마이가 고개를 끄덕이곤 아쉽다는 듯 덧붙였습니다.

"저는 김 상이 여기 살 줄 알았어요. 학교를 다니거나, 그럴 생각인 줄 알았어요."

"아쉽지만 어쩔 수 없죠. 대신 나랑 친하게 지내요."

지은이 다정하게 말을 이었습니다.

"니시하라 상, 요즘 〈겨울연가〉 다시 본다면서요. 나도 그거 좋아하는데. 다음에 우리집에 와서 같이 봐요."

마이가 얼떨떨한 표정을 지었습니다.

"감사합니다. 어떻게 아셨어요?"

"지윤이가 다 말해줬어요. 얘, 니시하라 상 얘기 엄청 해요."

"지윤이요?"

"그럼요. 내 말 맞지?"

지은이 힐끗 지윤을 보았습니다. 구석에 앉아 있던 그가 입술 양끝을 끌어올렸습니다. 내 눈엔 그게 어딘가 억지스러워 보였지만, 그걸 본 마이의 얼굴은 다시 그때의 설탕을 뿌린 것처럼 빛나는 얼굴이 되었습니다.

"마이라고 하셔도 되어요."

"네?"

"니시하라 말고, 마이요. 앞으로도 친하게 지내요."

마이의 적극적인 모습에 지은이 놀랍기도, 반갑기도 한 표정으로 손을 내밀었습니다.

"그래요. 그럼 나야 좋죠."

뜨거워요. 주방 쪽에서 외치는 소리가 들리더니 사장이 양손에 지글대는 철판을 들고 나왔습니다. 다시 턱, 소리가 나게 무거운 접시를 내려두고 연기를 헤치며 고기를 썩썩 자르는 사장은 그날그날 사냥한 짐승의 껍질을 벗기고 불을 피워 굽던 원시의 인간을 떠올리게 했습니다. 내가 반팔 아래로 드러난 굵은 팔을 눈으로 훑는 걸 아는지 모르는지, 사장은 내 앞에 서서 태연히 해체 쇼를 마친 다음 자연스레 지은의 곁에 앉았습니다.

"지난번에 준 김치 잘 먹었어. 쿠키도 진짜 맛있더라."

심장이 덜컹 내려앉았습니다. 나는 반사적으로 지윤의 얼굴을 쳐다보았습니다. 티를 내려 하지 않았지만 이미 얼굴은 밀랍을 씌운 것처럼 굳어 있었습니다. 나는 무슨 말을 해야 하는지도 알지 못한 채 일단 말을 돌리려 입을 열었습니다. 그러나 아까부터 기묘한 흥분 상태에 빠져 있던 마이가 한 박자 더 빨랐습니다.

"우와, 어디 거예요? 나 쿠키 좋아하는데."

"역 근처 베이커리요."

"아, 거기 알아요. 근데 아직 먹어본 적은 없어요. 저한텐 좀 비싸서."

사장이 술은 한 방울도 입에 대지 않았는데도 새빨간 얼굴이 되어서 웃었습니다.

"되게 맛있었어요. 아저씨가 이런 말 하는 거 웃기지만 특히 초콜릿 코팅을 씌운 하트 모양 쿠키가 괜찮더라구요. 이렇게 말을 할 게 아니라 하나 사왔어야 하는 건데."

사장이 자리에서 일어나더니 주방 냉장고에서 동그란 케이크를 꺼내 왔습니다.

"대신 이거 있어요. 김 상이 곧 가신다길래."

"안 이러셔도 되는데."

"괜찮아요. 내가 좋아서 하는 건데요."

눈치가 보였지만 여기서 거절하기도 어려웠습니다. 나는 조금 안절부절못하며 초에 붙은 불을 훅 껐습니다. 무엇 때문에 치는지 모를 박수 소리가 잦아들고, 다시 주방으로 간 사장이 예쁘게 자른 케이크를 접시에 나눠 들고 왔습니다.

"그나저나 내일 태풍 온다는데. 걱정이네요." 사장이

꽤 큰 조각을 깔끔하게 입에 밀어넣었습니다. "출국은 모레죠? 비행기가 뜨려나. 더 있다 가지그래요."

"아녜요. 비자 때문에 가야 해요."

"아쉽네요. 김 상 가고 나면 지은 심심할 텐데."

"안 심심하게 자주 놀아줘요."

지은이 어리광을 부리자 사장이 진지하게 받아쳤습니다.

"나야 늘 환영이지. 근데 지은이 바쁘잖아."

"사장님." 알바생이 고개를 들이밀었습니다. 누군가 실수를 했는지 주방에서 짙은 연기가 피어오르고 있었습니다. 사장이 실례한다고 하곤 자리에서 일어났습니다. 그걸 보고 지은이 눈썹을 들어올리더니 부러 통명스럽게 굴었습니다. 어이없지 않냐. 자기가 더 바쁘면서. 말은 밉게 했지만 어딘지 기쁜 듯한 말투였습니다. 그는 앞에 놓인 맥주를 한 모금 홀짝이곤 자연스레 파우치를 챙겨들더니 화장실에 간다며 일어났습니다.

두 사람이 한번에 빠지자 갑자기 공기가 싸늘해졌습니다. 찌꺼기처럼 남아 있는 음식들을 나는 발우 공양 하듯 묵묵히 비워나갔습니다. 단지 할말이 없어 그랬던 것뿐인데, 내 앞으로 지윤이 접시를 밀었습니다. 손도 대지 않은 케이크를 보고 안 먹어? 라고 물으니 그는 대답 없이 고개만 끄덕였습니다. 지윤이 홀짝, 하고 가볍게 잔을 비우더니 손을 들어 하이볼 한 잔을 시켰습니다. 일그러진 인상이 쾌감이 아닌 자학을 위해 술을 마시는 것 같아, 그의 앞에 있던 사케 팩을 들어보니 역시나 텅 비어 있었습니다. 그걸 눈치챘는지 마이가 은근히 지윤의 팔을 붙잡았습니다.

"지윤. 너무 많이 마시는 것 같아."

지윤은 마이의 손을 뿌리치지 않은 채 그대로 남은 술을 잔에 부었습니다. 가볍게 고개를 꺾어 술을 넘긴 지윤이 마이에게 뜬금없이 목소리를 낮춰 물었습니다.

"너, 씻고 왔어?"

엉뚱하고, 이상하게 달콤한 말에 마이의 얼굴이 순식간에 새빨개졌습니다. 얇은 가디건 아래로 작은 가슴이 들썩거렸고, 어찌나 꼭 쥐었는지 지윤의 옷자락을 잡은 손가락 마디마디가 희게 질렸습니다. 마이가 작게 고개를 끄덕였습니다. 마이를 보던 지윤이 살짝 미소를 짓고 빈 잔을 가볍게 핥았습니다. 이 사이로 심술궂게 드러난 붉은 혀를 나도 모르게 빤히 쳐다보는데, 이제까지 내게 하던 건 다 장난이었구나 싶게 살살 녹는 미소를 지으며 지윤이 마이에게 속삭였습니다.

"그래? 근데 왜 냄새가 나지?"

"……"

"이상해. 너랑 있으면 말이야, 어딘지 썩은 냄새가 난다고."

영원 같은 짧은 정적이 지났습니다. 마이가 발작이라도 난 듯 흑, 하고 숨을 들이쉬더니 자리를 박차고 일어났습니다. 쓰러질 듯, 취객들을 피해 문을 열고 나가는 모습을 보자 뒤늦게 붙은 불이 팡 하고 터졌습니다. 좆같은 새끼야 그게 여자한테…… 인간한테 할 소리냐? 마음 같아선 멱살이라도 잡고 싶었지만, 일단 마이를 찾는 게 시급했습니다. 다행히 멀리 가지 않아, 뭐에 홀리기라도 한 듯 무작정 걷고 있는 마이를 붙잡을 수 있었습니다.

"저기, 마이 상. 잠깐만요."

우산을 펼쳐 씌워줬지만 마이는 내 쪽은 돌아보지도 않고 점점 빠르게, 종내엔 뛰듯이 걸었습니다. 비가 쏟아지는데도, 눈 하나 깜짝 않고 걷는 모습은 꼭 고장난 자동 인형 같았습니다. 완전히 부서질 때까지 걸을 작정인지, 몇 번 발을 헛디디면서도 속도를 늦추지 않았습니다. 저것에 생명을 불어넣은 것도, 망가뜨린 것도 모두 한 사람이라는 사실이 나는 무서웠습니다.

끝 모를 질주는 셰어 하우스 앞에서 멈췄습니다. 마

이는 현관문을 열고 계단을 쿵쾅대며 올라가더니 방안의 쓰레기를 끄집어내기 시작했습니다.

"내가 도와줄게요."

그러나 마이는 고개를 젓더니 일개미처럼 자기 몸만한 쓰레기를 혼자 옮겼습니다. 그렇게 몇 번을 왕복하자 방이 텅 비었습니다. 물론 옷이나 간단한 생필품은 남아 있었지만, 그렇게 아무것도 없는 방은 처음 본 듯했습니다. 이상한 말이지만 그애 방은 오로지 쓰레기를 위해 존재했던 것만 같았지요. 지쳤는지, 마이는 한동안 텅 빈 방에 주저앉아 있었습니다. 그러다 내가 있다는 걸 깨달은 듯이 눈물도, 비도 끈적하게 말라붙은 목소리로 속삭였습니다.

"괜찮아요. 이제 가셔도 돼요."

더 있고 싶었지만 원칙상 있어선 안 됐을뿐더러, 혼자 두는 게 나을 것 같아 집으로 돌아왔습니다.

문을 열자 거실에 지은이 서 있는 게 보였습니다.

"어디 갔었어?"

그가 화를 억누른 목소리로 물었습니다.

"화장실 다녀오니까 너도 없고, 마이도 없고. 지윤이는 입만 다물고 있고. 내가 얼마나 놀랐는지 알아?"

지은이 내 얼굴을 빤히 보더니 물었습니다.

"너 지윤이랑 싸웠냐?"

내가 대답이 없자 지은이 한숨을 쉬었습니다.

"기집애들아. 왜 그러냐, 진짜. 낼모레 서른인데."

"……"

"다른 데도 아니고 거기서…… 류 상 보기 민망하게, 진짜."

마지막 말을 듣자 속에서 무언가 울컥 치솟았습니다.

"너 말을 되게 웃기게 한다."

"뭐?"

"그렇잖아. 지금 니 친구들이 싸운 거보다 그 남자한 테 어떻게 보일지가 더 중요하다는 얘기잖아. 아니야?"

"……"

"하여간 너도 알 만하다. 남자에 미쳐가지고. 구걸이 나 하면서."

내가 생각해도 좀 심하다 싶었는데, 지은은 아무 말도 하지 않았습니다. 그가 한동안 내 얼굴을 보더니 조용히 입을 열었습니다.

"그래. 나 남자에 미친 년 맞아. 구걸해서 살아."

"……"

"그런데 너는? 니가 니 손으로 뭘 해본 적은 있긴 하 냐? 너 돈은 벌어본 적 있어?"

"……"

"너처럼 아무것도 해본 적 없는 애가 뭘 알아? 그래. 나 남자에 미친 년 맞아. 구걸한 걸로 먹고사는 것도 맞아. 근데 그게 죄야? 사람이 외로운 게 죄니?"

내가 입을 열려고 하자 지은이 말을 딱 잘랐습니다.

"나 내일 출근해야 하니까. 더 피곤하게 하지 마."

지은이 뒤돌아서 방으로 들어갔고, 잠시 뒤 얇은 벽을 타고 작게 흐느끼는 소리가 들렸습니다. 나는 방에 돌아와 누웠습니다. 심장이 쿵쿵 뛰었고 두렵다는 생각이 들었습니다. 지은의 말이 옳다는 것보다 그런 말을 듣고도 아무것도 느껴지지 않는다는 게 두려웠습니다.

밖이 캄캄해 새벽인가 싶었지만, 휴대폰을 확인해보니 벌써 정오를 한참 넘긴 시간이었습니다. 마이에게서 메시지가 한 통 와 있었습니다. 태풍이 오지만, 예정대로 상영회를 진행하게 되었으니, 참가해주면 감사하겠다는 메시지였습니다. 그다음으로 와 있는 건 혹시 안 오시나요, 라는 짧은 메시지였습니다. 나는 화들짝 놀라 재빨리 옷을 갈아입고 집을 뛰쳐나갔습니다.

그러나 막상 도착해보니 디브이디가 혼자 돌아가고 있을 뿐 아무도 없었습니다. 너무 늦은 건가, 좀 낙담하는데 문득 벽에 달라붙어 있던 그림자가 몸을 일으켰습니다.

"김 상."

마이였습니다.

"오셨군요."

"늦어서 미안해요. 다른 사람은요?"

"아무도 안 왔어요." 마이가 씁쓸하게 웃었습니다. "다들 사정이 있나봐요. 그래도 둘이라 낫네요."

우리는 말 한마디 없이 〈겨울연가〉를 보았습니다. 이따금 마이의 뺨에서 눈물이 죽, 하고 흘렀지만 무서울 정도로 금방 말랐습니다. 드라마는 하루에 다 볼 수 없게 길었습니다. 게다가 앞부분을 놓친 터라 배용준이 무덤에서 살아 돌아온 것 같은 장면에서 끝이 나고 말았습니다.

거리로 나서자 미친듯이 바람이 불고 있었습니다. 대중교통은 오후 여섯시를 기점으로 운행이 중단될 예정이었습니다. 우리는 마지막 전철에 올라탔습니다. 객차 안은 텅 비어 있었습니다. 빛이 반사된 검은 유리창으로 나란히 앉은 우리 둘이 보였고, 그 아래로 비에 젖은 동경이 지나갔습니다. 수평선까지 펼쳐진 정갈하고 오래된 빌딩, 저래서 생활이 되나 싶게 선로와 바투 붙은 맨

션, 높게 걸린 간판, 불이 켜진 사무실, 차 한 대 없이 텅 빈 시내, 흔들리는 나무. 그런 걸 보다 나는 입을 열었습니다.

"마이 짱. 선물이에요."

내가 건넨 건 〈겨울연가〉 오리지널 사운드 트랙이었습니다.

"디브이디는 있을 거 같아서…… 이걸로 준비했어요."

마이가 작게 미소 짓고는 케이스를 열었습니다. 조명을 받은 시디에서 빛의 파편이 튀었습니다. 그걸 보다 마이가 중얼거렸습니다.

"아름답네."

"……"

"아름다운 건 다 징그러워. 그렇지 않아요? 결국은 내 손에 쥘 수도 없는 건데……"

전철이 I역에 멈춰 섰습니다. 나는 동쪽 출구로, 마이는 서쪽 출구로 가야 했습니다. 무언가 말하고 싶었지만 아무것도 말할 수 없었습니다. 나는 가슴에 뻐근한 통증을 느끼며 마지막 인사를 했습니다.

"마이 짱."

"……"

"다음엔 안 늦을게요."

마이가 희미하게 웃고 돌아섰습니다. 플랫폼 반대편으로 멀어지는 마이의 등은 몰아치는 바람 속에서도 단단해 보여 어딘가 기이한 결심을 한 사람처럼 보였습니다.

지은은 집에 없었습니다. 그애가 오길 기다리다가, 바람이 너무 거세져 언제 오느냐고 메시지를 남겼습니다. 잠시 뒤 지은에게 전화가 왔습니다. 사람들과 함께 있는지, 지은은 속삭이듯 걱정하지 말라고, 아직 일하는 중이라고 말했습니다. 나는 그의 말대로 다시 한번 창과 현관을 점검하고 물을 받아두기로 했습니다. 욕조 옆에 쪼그려앉아 작은 오리가 점점 물에 떠오르는 걸 보고 있는데, 수화기 너머로 지은의 한숨소리가 들렸습니다.

"이렇게 심할 줄 몰랐어. 사람들 그냥 오버하나보다 했는데."

"별일 없겠지. 집에는 어떻게 오려고?"

"음." 지은이 목을 가다듬었습니다. "아까 전화했는데 류 짱이 데리러 온다네."

"그렇구나."

"……"

"미안해."

마음에도 없는 소리였지만, 짧은 침묵 뒤 코를 훌쩍이

176

는 소리가 들리더니 지은이 웃었습니다.

"애들은 싸우면서 큰다던데. 우리 아직 애인가봐, 그 치?"

전화를 끊고 나는 지은의 방으로 들어갔습니다. 아침에 일어나 그대로 나갔는지 좁은 방에 이불이 어지럽게 펼쳐져 있었습니다. 의자에 걸린 스타킹, 아기 손바닥만한 속옷, 행거에 나란히 걸린 원피스는 아름다웠지만, 지은이 몸에 걸쳤을 때에 비하면 껍질처럼 허무한 것들이었습니다.

나는 이불 위에 누워 눈을 감았습니다. 방안에 희미하게 감도는 지은의 향수 냄새를 맡자 사장의 고수머리와 지은의 동그란 눈을 닮은 아이가 눈을 빛내며 이야기를 듣는 모습이 그려졌습니다. 네가 생긴 날은 그해의 가장 큰 태풍이 온 밤이었단다…… 창문이 미친듯이 흔들렸습니다. 채찍처럼 바람이 몰아치는 소리가 들렸지만, 이상하게 겁이 나는 대신 잠이 쏟아졌습니다. 사방에 락스 냄새가 진동했고……

물기도 안 마른 아이들이 탈의실로 뛰어 들어갔습니다. 나는 샤워실 구석에 조용히 서 있다가 마지막 두 사람이 자리를 떠나고 나서야 수영복을 벗기 시작했습니다. 그런다고 살이 녹아 사라지지 않는다는 걸 알면서도 정성스레 거품을 내서 오랫동안 구석구석을 깨끗이 씻었습니다. 코가 매운 건 층층이 섞인 비누와 샴푸의 냄새 때문만은 아니었습니다.

샤워를 거의 끝마칠 무렵에 나는 머리끈이 사라진 걸 알았습니다. 해변으로 밀려온 유리 조약돌처럼 반들반들한, 예쁜 구슬이 달려 있는 끈은 내가 무척 아끼는 것이었습니다. 나는 고민하다가 다시 수영복을 꿰입고 수영장으로 향했습니다. 내 발소리가 너무 크게 들려 발꿈치를 들고 조심스레 걸어간 그곳에,

선생님과 지은이 있었습니다. 나는 한동안 문 뒤에 숨어 두 사람을 바라보았습니다. 기둥 너머로 두 사람의 모습이 드러났다, 사라졌습니다. 마치 인형극이라도 하듯 기묘한 움직임을 좇아 고개를 이리저리 빼다가 나는 바닥에 미끄러졌습니다. 쿵, 하고 커다란 소리가 높은 천장까지 닿았습니다. 고통과 두려움과 흥분이 순식간에 공기중으로 퍼져 나갔습니다. 마치 상어 떼가 들끓는 바다에 단 한 방울의 피를 떨어뜨린 것처럼요.

지은이 나를 스쳐 터벅터벅 걸어갔습니다. 마치 내가 보이지 않는 것처럼 어딘가 멍해 보였습니다. 멀리서 선생님이 손을 까닥였습니다. 나는 두 개의 고무줄이 나를 양쪽에서 당기는 것처럼 휘청였습니다. 하나는 등뒤에

매달려 있었고, 다른 하나는 선생님이 쥐고 있었습니다.
나는 둘 사이에서 저항하면서, 선생님과 조금 떨어진 곳
에 서서 바닥을 보며 말했습니다.

"머리끈이 빠졌어요."

"어디?"

나는 물속을 가리켰습니다. 선생님이 수경을 내려쓰
더니 깊이 잠수했습니다. 푸른 물속에서 붉은 수영 팬츠
가 해파리처럼 흔들렸습니다. 잠시 뒤 젖은 상체를 물위
로 뺀 선생님이 손을 흔들었습니다. 이리 와.

나는 처벅처벅 수영장을 향해 걸어갔습니다. 그의 머
리에서, 팔에서 미지근해진 물이 뚝뚝 떨어졌습니다. 손
을 내밀었지만 선생님은 말없이 나를 바라볼 뿐이었습
니다. 시선을 따라가니 내 허벅지를 타고 가는 오줌 줄
기가 흐르고 있었습니다.

"애들이 널 놀릴 수도 있겠다."

"……"

"안 그래도 못된 애들인데. 그치?"

"……"

"괜찮아. 선생님이 비밀로 해줄게."

선생님이 목소리를 낮춰 속삭였습니다. 작은 뱀이 귓
속으로 미끄러져 들어왔습니다. 그러니까 너도 비밀을

지켜야 해. 알겠지?

　가는 빛이 내 얼굴을 가로질렀습니다. 커튼을 걷고 창을 여니, 놀랍도록 푸른 하늘이 보였습니다. 때마침 골목 안쪽으로 차 한 대가 들어서더니 지은이 내렸습니다. 눈을 마주친 그애가 손을 흔들었습니다.

　"다행이다. 먼저 갔으면 어쩌지 했어. 얼른 나와. 류 짱이 데려다준대."

　나는 지은과 사장의 차를 타고 공항으로 갔습니다. 조금 이른 시간에 도착해 우동을 사 먹고, 두 사람의 배웅을 받으며 예정대로 한국으로 돌아왔습니다.

　지은에게서 메일을 받은 건 시간이 좀 지난 다음이었습니다. 잘 지내? 로 시작하는 긴 편지에는 마이가 지윤을 찌른 이야기, 그러나 남은 흔적은 없고, 지윤도 사라졌다는 이야기가 적혀 있었습니다. 지은이 덧붙였습니다. 마이는 지금 치료를 받는 중이야. 이미 경찰 조사가 다 끝났는데도, 그애는 둘이 연인이었고, 자기가 지윤을 찔렀다고 주장하고 있어. 지은은 또 이렇게도 덧붙였습니다. 지윤이가 사라진 건 맞지만…… 그애에 대해선 걱정하지 않아도 돼. 실은 얼마 전에 신주쿠에서 그앨 봤거든. 신호가 바뀌길 기다리는데 건너편에 서 있었어.

사람이 많아서 놓쳤지만 분명 그애였어. 그런 스타일을 한 여자애가 흔하진 않잖아? 어쨌든 갑자기 나 혼자 남으니까 좀 외롭기도 해. 류 짱이 있어 다행이지 뭐야. 그 사람도 네가 보고 싶대. 언제 한번 놀러와.

메일의 끝에는 사장과 지은의 사진이 첨부되어 있었습니다. 맞잡은 두 개의 손. 굵고 가무잡잡한 사장의 팔에 대비해 지은의 팔은 무척 가늘었습니다. 두부처럼 희고 아름다웠습니다. 나는 한동안 깜빡이는 커서를 보다가 한 글자 한 글자 느리게 적었습니다. 너는 잘 지내? 연락 줘서 고마워. 근데 요즘은 시간이 없네. 언젠가 갈 수 있으면 좋겠다……

지금 나는 보시는 대로 살고 있습니다. 글쓰기를 포기하고 작은 회사에 들어간 뒤, 가끔은 일 때문에, 자주 사람 때문에 울거나 웃으며 그럭저럭 평범하기 위해 악착같이 살고 있습니다. 회사 사람의 소개로 연인도 만났습니다. 대단히 빛나거나 매력적이진 않지만, 그냥 내 수준에 맞는 사람이라는 생각이 듭니다. 대체로 그를 바보 같다고 생각하고, 이것은 사랑과 거리가 멀다고 생각하지만, 가끔은 위안을 받을 때도 있습니다.

올해로 나는 서른이 되었습니다. 지난밤 가만히 누워

잠든 그의 등을 보고 있자니 이 사람과 함께하는 미래가 보였습니다. 주말에 함께 골프를 치고 유부초밥과 샌드위치, 청포도나 무화과 따위를 사서 교외로 놀러가고, 어지러운 식당에 마주앉아 스테인리스 컵에 붙은 고춧가루를 손톱으로 긁어내는 모습을 보며 빨갛고 작은 환멸을 물과 함께 넘기고, 술에 취해 잠든 입에서 올라오는 악취에 구역질을 하는 좋지도 나쁘지도 않은 미래가. 그러나 나는 그걸 피하지 않기로 했습니다. 살기로 결심했으니까. 그게 삶이라는 걸 받아들였기 때문에.

단지 내가 무서운 건 거울입니다. 그 안에서 나는 붉은 팬츠를 입은 매끈한 육체를 훔쳐보면서 어째서 그가 나오는 '훈련'을 하지 않는 건지 궁금해하며, 좌절하며, 수영장을 맴돌던 어린 나와 눈을 마주칩니다. 어린 나는 양팔저울을 들고 무게를 가늠하고 있습니다. 만약 신이 선택할 기회를 준다고 해도 계속해서 '나'로 살 건지, 아니면 그게 고통인 걸 알면서 '보통'이 되고 싶은지. 여긴 거울이 너무 많습니다. 사방에 온통 거울뿐입니다. 불이 꺼진 모니터에서, 쇼윈도에서, 늦은 밤 버스 창문에서 어린 내가 속삭입니다. 너는 답을 알고 있어. 그렇지? 나는 입을 열 수 없습니다. 이토록 끔찍한 둘이 되어버린 나를 견딜 수 없습니다.

얼마 전 이름 모를 이에게서 메일이 한 통 왔습니다. 열어보자 거기엔 짧은 시가 적혀 있었습니다. "사랑해. 라는 말을 입에 담을 때, 입에서는 피냄새가 난다."* 나는 답장을 하려다 말았습니다. 아니요. 그 말을 하면 락스 냄새가 나는걸요.

* 사이하테 타히, 「여름」, 『밤하늘은 언제나 가장 짙은 블루』, 정수윤 옮김, 마음산책, 2020.

또
하나의
신화

내가 어릴 적에 쇼타가 이런 얘기를 들려주었습니다. 눈의 여자 이야기입니다. 오래전부터 눈이 많은 지방에 전승되어오던 괴담을 라프카디오 헌이라는 사람이 정리한 것입니다. 하지만 그런 것을 알게 된 건 아주 나중의 일로 그때 나는 쇼타가 만든 이야기인 줄로만 알고 무섬을 참으며 귀를 기울였습니다.

내용은 다음과 같습니다. 어느 밤 두 나무꾼이 심한 눈보라를 만납니다. 발이 묶인 둘은 가까운 빈집에 들어가 하룻밤을 보냅니다. 그중 늙은이는 금방 잠이 들었지만, 젊은이는 잠이 오지 않아 뒤척입니다. 그러다 문득 새벽에 눈을 떴다가 눈처럼 희고 얼음처럼 차갑게 아름다운 여자가 늙은이의 입에서 영혼을 빨아들이는 걸 보게 됩니다. 봤구나! 벌벌 떠는 젊은이에게 여자는 말합니다. 너는 너무 어리니 이번 한 번만 봐주겠다. 대신 누구에게도 내 이야기를 하지 말아라.

시간이 지나 젊은이는 유키라는 여자를 만나게 됩니다. 둘은 자식 열을 주렁주렁 낳고 행복하게 삽니다. 어느 눈이 오는 밤입니다. 젊은이는 펑펑 내리는 눈송이를 보다가 무심코 아내에게 말을 합니다. 오래전의 일이야. 이렇게 눈이 많이 오는 밤에 당신처럼 피부가 흰 여인을 보았지. 아내가 그 이야기를 해달라고 조르자 그는 채근에 못 이겨 설녀雪女를 본 이야기를 해줍니다. 그러자 아내가 말합니다. 말을 하지 말라고 했거늘! 그렇지만 아이를 위해 널 살려두겠다. 세찬 눈바람이 불고 난 뒤 여자는 사라지고 자리엔 기모노 한 벌만 놓여 있었다고 합니다.

오랫동안 나는 궁금해했습니다. 어째서 쇼타는 이 이야기를 들려주었던 걸까. 겁 많은 동생을 놀리기 위해? 제대로 된 눈이라곤 내리지 않는 동경에서 설국의 꿈을 꾸게 해주기 위해? 그러나 쇼타는 물어도 대답을 않습니다. 비장의 간지럼 태움에도 평소처럼 뻣뻣한 미소만 짓고 있을 뿐입니다. 하여간 참 재미없다, 고 생각하다 나는 문득 깨달았습니다. 사랑은 침묵. 어쩌면 쇼타는 입을 여는 순간 내가 설녀처럼 떠나버릴지 모른다는 생각을 하고 있는지도 모릅니다. 바보같이. 내가 어떻게 쇼타를 떠나겠어요? 그러나 그 우직함이 밉지 않아 나는 조용히 쇼타의 품에 파고들었습니다.

이곳은 해안에서 멀지 않은 마을입니다. 귀를 기울이면 낮과 밤을 가리지 않고 희미한 파도 소리가 들릴 것만 같습니다. 하지만 내 귀가 느끼는 건 뼈가 시릴 정도의 고요함입니다. 간밤엔 난생처음 듣는 소리에 창을 열어보니 눈이 쌓이고 있었습니다. 빠드득. 눈을 밟자 소리가 골짜기 가득 울려퍼졌습니다. 멀리서 개가 화답하듯 컹컹 짖었습니다. 한번 시작된 울음은 결코 가까워지지 않았고 아침이 될 때까지 멈추지도 않았습니다.

사람들이 버리고 간 것을 주우며 우리는 살고 있습니다. 조금 이상한 이야기지만 이건 오래전부터 내가 꿈꾸던 삶이었습니다. 동경에 살 적에 나는 이따금 자정의 마트로 갔습니다. 그 시간이 되면 한 손에 바구니를 들고 멀쩡한 음식을 쓸어 담는 직원들을 볼 수 있었습니다. 그렇게 해야만 상품성을 유지할 수 있기 때문입니다. 버리지 않으면 유지되지 못한다니. 살기 위해 죽이고 팔기 위해 버리고. 그럴 때면 인간은 정말 이상한 방식으로 진화했구나, 라는 생각이 들며 지금의 내가 조금 더 좋아집니다. 나는 태어난 죄를 조금씩 탕감하고 있거든요. 지구를 더 망가뜨리지 않고 매일 조금씩 내 안의 세포들을 지워가며……

나는 당신들이 나를 징그러워할 걸 압니다. 미친 여자라고 부를 것도요. 그러나 실은 나는 아주 단순한 사람입니다. 적어도 너를 위해선 뭐든지 할 수 있어, 라고 중얼대다가 남몰래 비명을 지르거나 토할 때까지 음식을 쑤셔넣고, 길가의 연인들을 저주하는 사람들보단 훨씬 솔직하다고 자부합니다. 당신들이 아무리 나를 추하다고, 끔찍하다고 해도 끈끈한 먼지를 벗겨내고 맑은 물에 눈을 씻듯 내 마음을 들여다보면 남는 것은 하나. 결국에 사랑이라는 걸 알기 때문입니다.

빗방울에 수면이 흔들리거나 돌이 가라앉아 먼지가 일거나 조각배가 지나가거나 여자가 저기는 어두운 심연이란다 발을 담가서도 오래 보아서도 안 된다, 라며 왜요 왜요 나는 물장구를 치고 싶어요 징징대는 아이를 끌고 가도 연못은 연못이라는 본질은 변하지 않는 것처럼요. 게다가 이 연못은 이따금 목을 축이고 가던 희고 곧은 뿔을 가진 사슴 한 마리가 사냥꾼의 총에 맞아 헐떡이며 죽어가면 난삽한 슬픔으로 수면을 바르르 떨 뿐 바라는 것도 없습니다. 그 검은 피를 하나도 남김없이 받아 마시는 걸 제외하면 말입니다.

*

나는 어둠 속에 서 있었습니다. 사방이 캄캄한 곳에서 보이는 거라곤 먼 곳의 초록빛뿐이었습니다. 나는 그곳을 향해 천천히 걸어갔습니다. 끝까지 다가가자 문 하나가 보였습니다. 손을 대자 저항 없이 열렸고, 안에서 빳빳한 통나무 같은 것이 쓰러졌습니다. 나는 반사적으로 그걸 품에 안았습니다. 무언가 이상하다고 생각한 순간 눈앞이 하얘졌는데⋯⋯

"니카이도 상."

정신을 차리니 S선생은 나를 똑바로 보고 있었습니다. "피곤하신가봐요."

나는 눈에 초점을 맞추기 위해 천천히 방안을 살폈습니다. 옅은 노랑과 초록이 뒤섞인 벽, 오트밀색의 소파와 특특한 주홍색 천으로 된 쿠션, 낮은 탁자와 연필꽂이. 잠깐 졸았을 뿐인데 반쯤 열린 블라인드 사이로 오후의 햇빛이 들어와 벽에 그림자를 남기고 있었습니다. 그 아래로 줄지어 선 작은 나무들을 보고 있자 S선생이 덧붙였습니다.

"아, 오른쪽 거요. 새로 샀어요."

뭐가 새건지 알 수 없었지만 고개를 끄덕였습니다.

"식물을 좋아하시나봐요."

"글쎄요."

예상 외의 답변에 가만히 쳐다보자 S선생이 덧붙였습니다.

"그냥 습관이에요. 오래전에 키우던 개가 죽었거든요. 매일 뭘 돌보다가 아무것도 안 하니 시간이 텅 비더라구요. 그래서 화분을 들이기 시작했는데 이렇게 늘었네요."

"식물은 좀 낫죠."

"그게, 딱히 그렇지만은 않던데요. 얘들도 생명이라고, 죽으면 마음이 아프더라구요."

그 말을 듣고 묘하게 놀라 나도 모르게 외쳤습니다.

"선생님도 상처를 받는군요."

그러자 S선생이 쓸쓸한 표정으로 웃었습니다. "당연하지요. 인간인걸요."

주어진 시간이 끝나고 마지막 상담이 종료되었습니다. 그동안 고생 많았다며 고개를 숙이는 내게 S선생이 일어나 문고리를 잡아주었습니다.

"니카이도 상. 그건 정말 큰일이었어요. 니카이도 상 도 알죠?"

"......"

"상처는 극복하거나, 이겨낼 게 아니에요. 우리는 그 냥 받아들이고, 흘려보내는 연습을 할 뿐이에요. 그래야 미래로 넘어갈 수 있으니까요."

나는 S선생에게 웃어준 뒤 한번 더 깊이 고개를 숙였 습니다. 선생이 끝까지 따라 나오며 덧붙였습니다. 힘들 면 꼭 다시 와요, 일기도 꾸준히 쓰고요!

현관에 서서 신을 벗고 있으니 엄마가 종종걸음으로 나와 외투를 받아주었습니다.

"좀 늦었네. 잘 다녀왔어?"

"그냥 똑같지, 뭐."

"S선생이 뭐라고 하진 않았고?"

"그냥, 뭐."

엄마가 눈을 가늘게 떴습니다.

"있지, 에리카. 필요하면 더 다녀도 돼. 돈 걱정은 말 고."

그 뒤로는 늘 같은 레퍼토리였습니다. 우리가 그렇게 가난한 건 아니야. 엄마도 아직 일하고, 저금도 있고. 여차하면 이 집도 있으니까…… 이런 낡은 집을 누가 사, 싶은 생각이 들었지만 나는 고개를 끄덕였습니다. "아이코는?"

엄마가 턱끝으로 거실을 가리켰습니다. 티브이를 보다 잠든 건지, 손에 리모컨을 쥔 아이코가 아이처럼 입을 헤벌리고 있었습니다. 엄마가 갑자기 목소리를 낮추더니 속삭였습니다.

"이따가 할머니 산책 좀 따라가."

나 역시 들리지 않을 걸 알면서 작은 목소리로 속삭였습니다.

"갑자기? 아이코 누구랑 가는 거 싫어하잖아."

"그래도 요즘은 너무 늦게 다니시잖니. 감기라도 걸리면 어쩌려고. 노인은 금방 폐렴 되는데."

"아이코가 보통 건강해? 아직도 찬물로 씻는데."

"그래도. 할머니도 이젠 늙었잖니. 네가 상황 봐서 적당한 때 데리고…… 아, 일어나셨다."

깨셨어요, 엄마가 큰 소리로 외쳤습니다.

"식사하셔야죠."

뒷머리가 눌린 아이코가 눈을 끔뻑이며 천천히 자리에서 일어났습니다. 때마침 취사를 마친 밥솥에서 뜨거운 김이 치솟았습니다. 고소한 밥 냄새가 퍼지는 가운데 엄마가 앞치마를 매며 눈짓으로 말했습니다. 알겠지? 나는 고개를 끄덕였습니다. 조금 번거로웠지만 못 들어 줄 부탁은 아니었습니다. 그러고 보니 최근 들어 아이코 의 산책 시간이 유독 길어진 듯했습니다. 어떨 때는 나 갔다 온다는 말도 없이 몇 시간이고 돌아오지 않기도 했 고요. 내게 아이코는 언제나 할머니여서, 이젠 늙었다는 말이 이상했지만 노인의 몸 상태가 하루하루 변하는 걸 생각하면 엄마의 걱정이 이해가 안 되는 것도 아니었습 니다.

식사를 마친 뒤 언제나처럼 아이코가 방으로 들어갔 습니다. 열린 방문으로 살짝 들여다보자 거울 앞에서 머 리를 가다듬고 외투를 꺼내 입는 아이코가 보였습니다. 엄마의 눈짓에 나는 큰 소리로 외쳤습니다. 할머니. 같 이 가자. 아이코는 듣지 못한 척, 그새 닫힌 방문 안에서 말이 없었습니다. 그러다 내가 부엌 식탁에 등을 돌리고 앉아 있는 사이 스르르 미끄러지듯 현관으로 향했습니 다. 부랴부랴 뛰어나온 내가 신발에 발을 꿰자 아이코가 어딘가 뜨뜻미지근한 표정으로 나를 바라보았습니다.

"웬일로?"

"그냥. 싫어?"

"아니. 그런 건 아닌데."

우물거리던 아이코가 집을 나섰습니다. 나는 그 뒤를 약간의 거리를 두고 쫓아갔습니다.

아이코의 산책 코스는 단순했습니다. 집에서 쭉 직진하면 K역이 나오는데 그것이 속한 H노선을 따라 몇 개의 역을 반복해서 오가는 것이었습니다. 아이코의 걸음으로 삼십 분 정도 거리에 큰 공원도 있었지만 밤에는 위험했습니다. 편의점이 생긴 이후론 불량 청소년이 얼쩡거렸거든요.

그러나 그날 아이코는 K역이 아니라, 공원 쪽으로 향했습니다. 이쪽이 맞냐고 내가 물어도 아이코는 고개만 끄떡일 뿐 뒤도 보지 않고 걸었습니다. 멀리 검은 나무 틈으로 편의점의 흰빛이 보였습니다. 재게 발을 놀리던 아이코가 속도를 늦추더니 내 손을 붙잡았습니다.

"얘, 잠깐만."

어둠 속에서 붉은 불빛 몇 개가 반짝였습니다. 밤바람에 섞여 밀려오는 담배 냄새에 등뒤로 식은땀이 죽 흐르는데 아이코가 기묘하게 쥐어짜낸 목소리로 물었습니다.

"너 목마르지 않니?"

"아니?"

"그래? 난 목마른데."

"그럼 뽑아 먹음 되지."

가까운 자판기를 가리켰지만, 아이코는 내 말이 들리지도 않는다는 듯 중얼거렸습니다. 늙으니 자꾸 입이 말라…… 그런데 세상에 너는, 어떻게 여기까지 오면서 목마르냐고 한 번을 안 물어보니? 날 선 소리에 당황한 사이 아이코가 편의점으로 향했습니다. 자동문이 열리고 음악 소리와 피곤에 젖은 인사말이 문밖으로 새어 나왔습니다. 나는 허겁지겁 그 안으로 따라 들어갔습니다.

밤이라 사람이 많진 않았습니다. 퇴근길에 맥주 한두 캔을 사가는 사람이 전부였지만 아이코는 묘하게 날카로운 눈으로 그들을 살피더니 장바구니를 챙겨들었습니다. 당장 마실 것만 사고, 나머지는 돌아가는 길에 사자고 했지만 아이코는 알겠다며 고개만 끄덕이곤, 진공포장된 반찬 따위를 주의깊게 들여다보았습니다.

곧 직원들을 제외하곤 우리 둘만 남게 되었습니다. 그 순간을 노린 듯 아이코가 재빨리 카운터로 다가섰습니다. 직원 하나가 등을 돌린 채 설거지를 하고 있었습니다.

"저기요."

직원을 부르는 아이코의 목소리가 야릇하게 떨렸습니다. 그제야 아이코가 밤마다 집밖을 헤매는 이유를 알게 되었습니다. 어떻게 생각하면 참 단순했습니다. 누군가를 잠 못 이루게 하고 오랫동안 밖에서 헤매게 하는 것은 사랑 말고는 없으니까요.

직원은 중성적인 외모의 젊은 사람이었습니다. 단정한 이목구비가 시시할 정도로 매끈……했습니다. 그가 고무장갑을 벗고는 아이코가 올려둔 물건을 스캔했습니다. 밤이라 그런지 피곤이 묻은 표정이 나른해 보였습니다. 그는 계산대를 가득 채운 물건을 모조리 세고, 허리를 숙여 봉투를 꺼내고는 아무렇지 않은 투로 말했습니다.

"아이 짱. 오랜만이에요."

아이코의 얼굴이 순식간에 분홍빛으로 물들었습니다.

"이 짱, 나 기억해?"

아이코의 목소리가 뭍에 올라온 생선처럼 펄떡였습니다. 큼큼, 가다듬었지만 여전히 약간의 울음기가 묻은 소리로 아이코가 중얼거렸습니다.

"한동안 보이지 않길래 돌아간 줄 알았어."

"잠깐 일이 있어서요. 오늘부터 다시 출근. 시간도 저녁으로 옮겼고."

"잘됐다. 늘 피곤해했잖아."

"응, 뭐. 곧 퇴근인데. 같이 갈래요?"

"그래도 돼?"

"응. 오 분만 기다려요."

아이코가 수줍게 입을 가리며 봉투에 담은 물건을 건네받았습니다. 그 손이 부들부들 떨리는 걸 나는 보기만 했습니다.

직원의 집은 우리집과는 반대 방향이었습니다. 그러나 아이코는 잘 아는 곳인 양 앞장서서 걸었습니다. 귀가 먹먹할 정도로 조용한 밤이었습니다. 이따금 자전거가 쌩하니 지나가거나, 두 사람이 키득대는 소리만 들릴 뿐 동네 전체가 젤리 속에 잠긴 것 같았습니다.

잠시 뒤, 직원이 벽을 희게 칠한 이층집 앞에 멈춰 섰습니다. 나 이제 갈게요. 또 봐요. 직원이 가볍게 인사하고 들어갔지만 아이코는 여전히 그 자리에 머물러 있었습니다. 아니나 다를까. 잠시 뒤, 이층 창에 불이 켜지더니 직원이 고개를 빼서 손을 흔들었습니다. 아이코가 수줍게 응답했습니다. 아이코는 몇 번을 돌아봤습니다. 모퉁이를 돌아 네모난 흰빛이 보이지 않는 골목에 들어서고 난 다음에도 아이코의 눈에선 꺼지지 않는 불이 은밀하게 일렁였습니다.

어쩐지 구부정했던 어깨가 펴지고 가볍게 걷는 아이코. 그가 직원의 손길이 닿은 봉투를 꼭 끌어안고 걷는 내내 나는 없는 사람이었습니다.

엄마는 소파에 앉아 리모컨을 만지작대고 있었습니다. 일찍 오셨네요, 라는 인사에도 아이코는 별다른 대꾸 없이 방에 들어가고, 나는 엄마의 옆에 앉아 오늘 있었던 일을 빠르게 설명했습니다. 이야기를 마치자 엄마가 알겠다는 듯한 표정을 지었습니다.

"어쩐지. 요즘에 편의점 음식을 많이 사오시더라고. 그래도 호스트 때보다는 낫지? 주먹밥이나 좀 사오고 말 테니까."

"응."

"아이돌 쫓아다닐 때처럼 멀리 안 가실 테고."

"응."

"그 직원한테 미안하네. 일하러 온 건데 할머니 상대나 하게 해서."

엄마가 숱이 얼마 남지 않은 머리칼을 쓸어넘기며 한숨을 쉬었습니다. "하여튼 신경 좀 써줘. 할머니가 그 사람 귀찮게 안 하게."

나는 고개를 끄덕였습니다. 그러자 엄마가 내 얼굴을 흘기더니 눈앞에 대고 박수를 짝 쳤습니다.

"대답은 똑바로."

"네."

나는 이층의 내 방으로 올라왔습니다. 침대에 누워 동굴 같은 어둠 속으로 파고들자 유령이 몸 한가운데를 통과하는 듯 몸이 으슬으슬 떨렸습니다. 이불을 덮었지만 한동안 아랫니와 윗니가 딱딱 소리를 내며 맞부딪쳤습니다. 여러 감정이 밀려왔지만 내가 두려워하는 건지 그리워하는 건지 알 수 없었습니다.

머릿속으로 아까 본 장면이 지나갔습니다. 단정한 얼굴. 그래서 가끔은 시시해 보이는 매끈한 얼굴. 하지만 어떤 사람에겐 절망적일 정도로 아름다운 얼굴. 아이코가 그 사실을 아는지 몰랐고, 엄마에게 말할 수도 없었습니다. 하지만 그 흰빛 아래, 사람의 내장을 꿰뚫는 것만 같은 시린 조명 아래 서 있던 이 짱의 얼굴은, 분명 쇼타와 똑같았습니다.

*

나와 쇼타, 엄마는 니카이도라는 이름으로 묶여 있지만 아이코는 스즈키입니다. 어렸을 땐 그만 성이 다른 점이 궁금해 묻고 말았습니다. 왜 할머니만 스즈키야? 그건 내가 너랑 피가 섞이지 않았기 때문이야. 그럼 우린 남이야? 그러자 아이코가 고개를 저었습니다. 꼭 그렇진 않아. 내가 네 엄마에게 꿈을 팔아서 네가 태어난 거거든. 아이코가 들려준 이야기는 다음과 같았습니다.

옛날 옛날 어머니가 되기 전의 여자와 아버지가 되기 전의 남자가 있었습니다. 두 사람은 아이를 갖고 싶어 매일매일 기도를 했습니다.

어느 날 한 노파가 문을 두드렸습니다. 노파는 오래전 남자의 아버지와 연인이었다고 했습니다. 남자의 아버지는 남자처럼 멀끔한 미남, 노파는 그림 속 마녀처럼 늙고 추악한 얼굴이었습니다. 혼자 있던 여자는 노파를 경계했습니다. 그러나 그가 내민 사진엔 분명 젊은 두 사람이 함께 찍혀 있었습니다.

여자는 엉거주춤 일어나 물을 끓였습니다. 말린 찻잎을 진하게 우리고, 동그란 과자를 작은 접시 위에 내왔습니다. 노파가 차를 홀짝대며 뜨거운 김 너머로 여자의 얼굴을 빤히 들여다보았습니다. 오후의 햇빛을 받아 옅은 갈색으로 빛나는 눈을 보다가 노파가 입을 뗐습니다.

"부인. 고민이 있으시군요."

세상에. 그렇지 않은 사람이 어딨담? 그러나 바보처럼 순진한 여자는 놀라 외쳤습니다.

"어떻게 아셨어요?"

"다 아는 수가 있죠." 노파가 조갯살처럼 통통한 여자

의 손을 낚아챘습니다. 오싹한 소름에 여자가 몸을 비트
는 순간, 노파가 탄성을 뱉었습니다.

"아, 부인은 아이를 갖고 싶군요."

놀란 여자의 입이 다시 한번 벌어졌습니다.

"그게 보이나요?"

"그럼요. 여기 적혀 있거든요."

노파가 제 몫을 해서 안심한 듯 은근한 표정으로 입을
열었습니다. "때마침 좋은 게 있어요."

"뭔데요?"

노파가 꺼낸 건 독이 묻은 사과도, 수상한 약병도 아
닌 꿈이었습니다.

꿈속에서 노파는 길을 헤매다 어느 정원으로 들어갔
습니다. 뾰족하게 메마른 검은 나무들 가운데, 노랗게
빛나는 귤나무 하나가 있었습니다. 그걸 본 노파가 목이
마르구나, 생각한 순간 귤나무가 몸을 구부려 가지를 내
려주었습니다. 노파는 주렁주렁 달린 열매 중 하나를 땄
습니다. 껍질을 벗겨 즙이 줄줄 흐르는 단 귤을 맛있다,
맛있다 하고 꼭꼭 먹어치웠습니다.

여자는 그 꿈을 샀습니다.

몇 달 뒤 여자는 쌍둥이를 낳았습니다. 떼어 먹고 싶
을 정도로 작고 귀여운 발가락 손가락이 스무 개. 조그

만 콧구멍이 두 개. 처지는 쪽 없이 둘 다 건강하고 보기에 좋았다는 것이 엄마의 평이었지만, 나의 의견은 좀 달랐습니다.

그렇게 닮지 않은 쌍둥이는 처음이었습니다. 쇼타의 얼굴은 장인이 단숨에 만든 역작처럼 단순했고, 시간에 깎여 해변가로 밀려온 유리알처럼 매끈했습니다. 그 탓에 누군가는 시시하다는 평을 하기도 했지만, 한 번이라도 끝을 쥐어본 적 있는 사람이라면 눈물이 날 정도로 아름답다는 것을 알았습니다. 누군가에겐 지나치게 퇴폐적이었고, 누군가에겐 설명할 수 없는 불쾌함과 묘한 가학심을 불러일으켜 흠집을 내거나 더 솔직히는 산산조각 내고 싶게 만드는 얼굴이었지요. 보통은 그 모든 걸 한번에 느꼈고요.

그에 비하면 나는 형편없었습니다. 나는 샴쌍둥이의 작은 부분이었고 메스로 도려내 차가운 트레이에 올려둔 세포였습니다. 쥐젖이고 여섯번째 손가락이었습니다. 쇼타도, 나도 사람들의 짧은 탄식을 불러일으킨다는 점에선 같았지만 동기는 딴판이었습니다.

아직도 엄마는 종종 이야기합니다. 쇼타는 말야, 어릴 때부터 어찌나 예쁘던지 밥때가 되면 간호사들이 달려들어 서로 분유를 먹이겠다고 했다니까.

나 역시 그 장면을 기억하고 있습니다. 늦은 오후 세피아 톤으로 물든 병실에서 간호사들이 돌아가며 쇼타에게 분유를 먹입니다. 흰 가루를 탄 미적지근한 물을 쇼타는 잘도 오물거리며 빨아먹었습니다. 내가 역겨움을 못 견디고 앙앙 울며 붉은 혀를 힘껏 움직여 뱉어냈던 것과 반대로요. 난 또 이런 것도 기억합니다. 개중 몇이 장난삼아 쇼타에게 젖을 물리던 것을. 블라인드가 쳐진 유리창 안쪽에서 간호사들이 묘한 수치심과 흥분을 킥킥거리는 웃음으로 무마하며, 쇼타에게 가슴을 물리고 한숨을 쉬었습니다. 그중 유난히 피부가 까맸던 간호사가 있었는데, 그의 가슴이 고무처럼 탄탄한 모양새였던 것도 기억합니다. 은수저가 푹 하고 들어갈 것처럼 부드러운 가슴을 가진 동료들이 그 여자에게 던지던 상스러운 농담과…… 어느 오후, 엄마가 자리를 비운 사이 아이코가 그 쭈글쭈글한 젖을 쇼타에게 물리던 것도.

어째서 이렇게 달랐을까. 비밀이 밝혀진 건 쇼타가 죽고 난 다음이었습니다. 아이코의 꿈에 남은 이야기가 있었던 거지요. 아이코는 첫번째 귤을 다 먹고 두번째 귤을 향해 손을 뻗었습니다. 그런데 귤나무가 살그머니 가지를 올리고 더이상 열매를 내어주지 않았습니다. 화난 아이코는 여린 가지를 꺾어가며 귤을 땄습니다. 그러나 막상 껍질을 벗겨보니 그 속은 텅 비어 있었다고 합니다. 나는 그게 에리카인 줄 알았어. 눈물을 뚝뚝 흘리던 엄마 앞에 서 있던 아이코가 중얼거렸습니다. 그 말대로였으면 좋았을 걸. 하지만 이미 지나간 꿈을 무슨 수로 다시 꾸겠어요?

주말의 일이었습니다. 느지막이 일어나 일층으로 내려가니 뜨거운 물이 끓고 있었고 식탁에는 빈 접시와 포크가 놓여 있었습니다. 간식을 먹으려는구나, 생각했지만 둘러봐도 엄마는 보이지 않았습니다. 나는 일단 불을 껐습니다. 쉭쉭대던 물은 위험할 정도로 졸아 있었습니다. 도대체 무슨 정신인 거야…… 생각하는데 묘하게 서늘한 느낌이 들었습니다. 베란다 문이 살짝 열려 있었습니다. 닫을까 하다가 나가보니 나무 아래 누군가 서 있는 게 보였습니다. 잎 사이로 빛이 엮은 무늬가 쏟아지는 가운데 그가 고개를 들고 높은 가지를 바라보고 있었습니다. 눈이 부신지 손그늘을 만든 채였습니다. 빛이 닿은 머리칼은 밝은 다갈색이었고 그늘에 가려진 부분은 캄캄한 어둠으로, 바람이 불며 그 경계가 뒤섞일 때마다 내 마음도 엉망이 되었습니다.

툇마루에 닿은 맨발이 시렸습니다. 한참 뒤에야 인기

척을 느꼈는지 그가 나를 돌아보고는 화들짝 놀라며 미소를 지었습니다.

"아, 에리카 상. 일어나셨어요? 두 분은 잠깐 밖에 나가셨는데……"

"내 이름은 어떻게 알았어요?"

"예?"

"내 이름은 어떻게 알았냐고요."

이 짱이 머뭇거리다 대꾸했습니다. "할머니가 말해주셨는데요. 지난번에요." 그 매끈한 얼굴에 작은 파도가 일렁였습니다. 바람이 불어 나뭇잎이 서로 스치는 소리를 냈습니다. 아무것도 걸치지 않은 팔에 오스스 소름이 돋았습니다.

"죄송해요. 방해하려는 건 아니었는데……"

이 짱의 말에 나는 손을 저었습니다. 무언가 말하고 싶었지만 말할 수 없었습니다. 목이 타는 것 같기도, 위액이 역류하는 것 같기도, 누군가 거친 손을 내 목구멍에 쑤셔넣고 심장을 쥐어짜는 것 같기도 했습니다. 내 표정이 이상했는지 이 짱이 눈치를 살폈습니다.

"괜찮으세요?"

순간 대문이 열리는 소리가 들리고, 잠시 뒤 상기된 표정의 엄마와 아이코가 곧장 정원으로 들어섰습니다.

"어머, 에리카 나왔구나."

엄마가 평소보다 두 키는 높은 목소리로 말했습니다. 장을 보고 왔는지 손에는 작은 봉투 하나가 들려 있었습니다. "잘됐다. 너도 같이 마시자."

우리 네 사람은 식탁에 나란히 앉았습니다. 엄마가 뜨거운 찻잔에 티백을 넣으며 호들갑을 떨었습니다.

"이거면 되는지 모르겠네. 급하게 사오느라고."

"아, 아니에요. 주시는 것만으로 감사한걸요."

"고맙긴 우리가 고맙지. 여기까지 가져다주고."

아이코가 식탁 위에 올려둔 지갑을 만지작거렸습니다. "어디다 흘렸는지 몰라서 못 찾겠다 싶었지."

이 짱이 웃었습니다. "한동안 안 오셔서요. 오시면 드려야지 했는데."

담소를 나누는 세 사람 곁에서, 나는 차를 홀짝이는 척 이 짱을 살폈습니다. 습관인지 살짝 숙인 고개를 오른쪽으로 기울여 과자를 베어먹는 폼은 귀족처럼 우아한 한편, 연극적이기도 했습니다. 쇼타를 빼곤 그런 자세로 과자를 먹는 사람은 처음이었습니다.

"맛있네요."

이 짱이 우물대며 말하자 아이코가 흥분해서 이런저런 설명을 늘어놓았습니다. "그치? 역 앞에서 파는 거야. 꽤 유명한 거야⋯⋯" 그동안 나는 이 짱의 손에서 떨어진 부스러기를 재빠르게 훔쳐 입에 넣었습니다. 파도에 휩쓸린 금빛 모래처럼 부드럽기도, 주근깨 박힌 뺨에서 흘러내린 눈물처럼 짭짤하기도 한 맛이 퍼졌습니다. 나는 한동안 손가락을 입에서 떼지 않았습니다. 젖먹이고아처럼, 혀끝에서 아무 느낌도 나지 않을 때까지 빨았습니다. 내게 이런 비참한 기분을 가져다주는 것도 단 한 사람, 쇼타뿐이었습니다.

두 사람은 대문 앞까지 이 짱을 배웅했습니다. 그가 고개를 몇 번씩이나 숙이며 골목을 꺾어 사라지자, 갑자기 해가 들어간 것처럼 어두워지고 기온이 내려갔습니다. 엄마는 뼈가 시리다며 베란다 문을 닫고, 아이코는 낮잠을 자야겠다며 방으로 들어갔습니다. 집안이 참을 수 없이 조용해졌습니다. 엄마가 작게 한숨을 쉬더니 접시를 한데 모아 개수대에 넣고 물을 틀었습니다. 얇은 잔 위에 남은 입술의 흔적과 지문이 거친 물살에 떠내려가는 걸 보고 있자니 저절로 입이 열렸습니다.

"홍차."

엄마가 눈을 껌뻑였습니다. 나는 다시 한번 곱씹듯 내뱉었습니다.

"홍차네."

"아, 이거." 엄마가 빈 찻잔을 들어올렸습니다.

"이 짱이 커피는 안 마신대서. 왜? 너도 마실래?"

나는 고개를 저었습니다.

"난 커피만 마셔. 홍차는 쇼타가 마시지."

나는 다시 한번 천천히 말했습니다. "홍차는 쇼타만
마시지."

엄마가 멍한 눈으로 내 얼굴을 바라보았습니다. 그런
데 그게 무슨 상관이니? 묻는 듯한 표정을 보니 가슴에
서 매운 것이 목구멍까지 올라왔다, 내려갔다를 반복했
습니다. 뇌가 뜨거운 기름에 자글자글 튀겨지는 기분이
었습니다. 모르겠어? 이 짱이라는 사람…… 쇼타랑 똑
같아. 쇼타가 돌아온 거야? 그런 말들을 나는 간신히 삼
키고 가장 무난한 말을 뱉었습니다.

"닮았어."

"……"

"이 짱이라는 사람, 쇼타랑 닮았잖아."

"에리카." 엄마가 젖은 손을 앞자락에 문지르며 다가
왔습니다. 서늘한 손이 이마에 닿았다 떨어졌습니다.

"요즘 어때? 잠은 좀 자고?"

한숨이 나왔습니다. 맥이 탁 풀려 나는 고개를 저었습
니다. 저렇게 똑같은데. 다들 알아보지 못하는구나. 하

긴 놀랄 일도 아니었습니다. 아무도 쇼타를 알지 못하고, 나를 알지 못하고, 서로를 아는 건 우리 둘뿐이었으니까요. 나는 등을 돌렸습니다. 뒤에서 엄마의 목소리가 들렸습니다. "있지. 에리카, 다시 S선생한테……"

"괜찮아." 나는 큰 소리로 외치고 방으로 올라왔습니다. 눈을 뜨고 있는데도 별을 닮은 빛들이 한방향으로 뱅글뱅글 돌았습니다. 속도는 느려졌다 빨라졌다를 반복해 어떨 때는 별의 궤도처럼, 어떨 때는 버터가 된 호랑이처럼 보이기도 했습니다.

나는 일기장을 펼쳤습니다. 지난 일이 두서없이 떠올랐습니다. 미친 건 자기들이면서 나를 미친 사람을 만들어. 미친 건 엄마면서. 미친 건 아이코면서. 손에 닿는 건 뭐든 입에 넣고 토하길 반복했던 엄마와 비명을 지르며 경호원에게 끌려가던 아이코의 모습이 떠올랐습니다. 앉은 자리에서 귤 한 박스를 먹어치우고 쉬어 꼬부라진 매실장아찌를 끝도 없이 밀어넣던 엄마. 가슴 가득 아이돌의 얼굴이 새겨진 뱃지를 달고 다니던 아이코. 이곳에서 제정신인 건 나뿐이었습니다. 쇼타에 대해 말할 수 있는 것도, 그를 알아볼 수 있는 것도.

나는 펜을 내려놓았습니다. 검은 잉크가 번져 손바닥의 주름 하나하나에 깊이 끼었습니다. 눈물이 뚝뚝 떨어졌습니다. 미친 건 엄마가 미친 거지. 할머니가 미친 거지. 어떻게 못 알아볼 수가 있어. 속에서 죽은 물고기 하나가 출렁대며 위벽을 간지럽혔습니다. 나는 토기가 올라오는 걸 억지로 삼켰습니다. 그앤 분명 쇼타였습니다. 설령 그애가 아니라고 하더라도. 스스로 믿지 못하더라도.

*

나는 그애와 좀더 가까워지기로 했습니다. 그러기 위해 편의점 일을 구했죠. 거긴 언제나 사람이 부족했으므로 들어가는 게 어렵진 않았지만, 예상과는 달리 이 짱과 만날 일은 없었습니다. 가끔 그가 손님으로 올 때 눈인사를 하는 게 전부였지요. 달이 바뀔 무렵, 나는 천천히 옷을 갈아입으며 다음달 스케줄표를 외웠습니다. 그러곤 매니저에게 근무시간(물론 이 짱이 일하는 시간대였습니다)을 바꿀 수 없냐고 물었지요. 매니저가 탐탁잖은 표정을 짓길래 별 기대를 안 했는데, 예상과 달리 그날 저녁 바로 연락이 왔습니다. 깜짝 놀라 전화를 받았지만 아쉽게도 변경 통지는 아니었습니다. 내일 저녁 담당자가 사정이 생겨 자리를 비우게 되었는데, 대타를 해줄 수 있겠냐는 말이었지요. 누가 보지도 않는데 나는 세차게 고개를 끄덕였습니다. 단 하루뿐이었지만 그것만으로 충분했습니다.

다음날, 이 짱과 얘기를 나눌 수 있을 거라는 기대는 십 분도 되지 않아 산산조각이 났습니다. 내내 정신없이 바빴습니다. 내가 주로 일하는 낮시간과는 정반대였죠. 몰아치던 손님이 좀 잠잠해지나 싶었는데 이번엔 뒷정리를 해야 했습니다. 가득찬 쓰레기통을 비우러 나오자 피로가 몰려왔습니다. 쓰레기장의 문을 잠근 뒤, 한숨 돌려야겠다 싶어 어둠 속에 몸을 숨기는데 멀지 않은 곳에서 붉은 점 두 개가 빛났습니다. 이제 막 편의점에서 나왔는지 남자 둘이 흰 봉지를 덜렁대며 담배를 피우고 있었습니다.

"'이'가 어디지? 중국?"

"아니야. 조선 보지야."

"보지 맞아?"

"목소리 들으면 모르냐. 병신."

듣고 있던 쪽이 말하던 쪽을 툭툭 쳤습니다.

"뭔데."

남자가 턱끝으로 나를 가리켰습니다. 짜증을 내던 남자가 입을 다물었습니다. 나는 아무것도 못 들은 척 천천히 그들 앞을 지나쳤습니다. 짧은 침묵 뒤, 담배를 빨아들이는 소리가 나더니 곧 노랫소리가 들렸습니다. 마지막 키스는 담배 냄새가 났었어. 썼지만 애절한 향기…… 나는 돌아보지 않고 편의점 안으로 들어갔습니다. 자동문이 열리는 경쾌한 소리와 함께 밝은 불빛에 뼈와 내장이 샅샅이 드러났습니다. 이 짱은 다시 길게 늘어선 손님을 받고 있었습니다. 나는 카운터 안쪽으로 들어갔습니다.

"수고하셨습니다." 이 짱이 눈을 마주치고는 빠르게 속삭였습니다. "좀 바쁘죠? 그래도 아홉시 넘기면 한가해져요."

나는 고개를 끄덕였습니다. 표정 없이 서 있던 사람들을 향해 이 짱이 큰 목소리로 외쳤습니다.

"오래 기다리셨습니다. 이쪽으로 오세요!"

깜빡이는 형광등 아래 이 짱의 얼굴은 핏기 없이 창백했습니다. 다시 봐도 쇼타의 얼굴. 쇼타의 목소리. 나는 목소리가 떨리지 않도록 애쓰며 이 짱을 따라 외쳤습니다.

"이쪽으로 오세요!"

문득 내다본 문밖은 컴컴했습니다. 기다란 골목은 끝없이 이어질 것만 같았습니다.

다음날엔 비가 종일 왔습니다. 아침엔 안개비였는데, 정오를 기점으로 점점 거세졌습니다. 비바람을 뚫고 출근했지만, 손님도 없었습니다. 멍하니 문밖만 볼 뿐이었습니다. 한 시간 동안 지나간 거라곤 신난 개 세 마리와 망연자실한 표정으로 그들에게 끌려가는 주인이 전부였죠. 조금 일찍 퇴근해도 좋다는 말에 옷을 갈아입고 나왔을 때도 여전히 밖은 컴컴했습니다.

집에 돌아오자 사방에서 쏟아진 비에 온몸이 흠뻑 젖어 있었습니다. 어두컴컴한 거실 안쪽에선 푸른빛과 한국말이 새어 나왔습니다. 아이코가 티브이를 보다 잠들었구나 싶어 별생각 없이 불을 켜고 들어선 나는 깜짝 놀랐습니다. 눈이 부신 듯 찡그린 표정으로 고개를 돌린 건 세 사람이었습니다.

"어머, 에리카. 다 젖었잖아. 우산은."

엄마가 자리에서 일어났습니다. 작은 향로와 몇 개의 액자가 늘어선 불단, 우는 남녀가 나오는 티브이, 낮은 테이블이 놓인 거실은 익숙했지만, 가운데가 꺼진 소파에 두 무릎을 꼭 붙인 채 앉아 있는 이 짱은 더없이 어색해 보였습니다. 엄마가 마른 수건을 가져와 내 머리를 털어주는 동안에도 나는 이 짱에게서 눈을 떼지 않았습니다. 아니, 뗄 수 없었습니다. 그러자 그가 민망한지 자기 손톱을 만지작거리기 시작했습니다. 영차, 아이코가 무릎을 짚고 혼잣말을 하며 일어났습니다.

"비가 많이 오나?"

아이코가 커튼을 걷자 창 너머로 정원수가 흔들리는 게 보였습니다. 오후엔 그친다더니. 아이코가 중얼거리는 걸로 보아 일기예보가 빗나간 모양이었습니다. 감기 걸리겠다는 엄마의 말에 나는 욕실로 쫓겨가면서도 계속해서 생각했습니다. 어색하고 불편해 보여. 자기 집처럼 여기라는 말을 들은 고아처럼 보인다고.

씻고 거실로 나오자 이 짱이 나를 스쳐 욕실로 들어갔습니다. 화면은 울고 있는 남자의 얼굴에서 멈춰 있었습니다. 엄마가 안방에서 고개를 빼고 외쳤습니다. "이것 좀 쇼타 방 베개에 씌워둬."

엄마가 내민 것은 새 베갯잇이었습니다.

"날이 이래서. 자고 가라고 했어."

내가 대답을 않자 엄마가 뭔가 오해한 건지 덧붙였습니다.

"불편해도 하루만 참아. 네 방에서 자는 것도 아니잖아."

나는 대꾸 없이 쇼타 방으로 올라갔습니다.

방은 쇼타가 살던 때와 변함없이 그대로였으나 사람의 온기가 사라져 서늘했습니다. 나는 살얼음이 낀 듯 차가운 이불 위에 앉아 베갯잇을 씌운 뒤 침대에 누웠습니다. 몸을 뒤집어 깊이 숨을 들이마시자 희미하게 쇼타 냄새가 났습니다. 그러자 암만 목욕물을 뒤집어써도 따뜻해지지 않던 몸이 골수에서부터 달아오르는 게 느껴졌습니다. 이불을 조금 끌어당겨 살짝만 덮었을 뿐인데도 누군가의 품에 안긴 듯했습니다.

똑똑. 노크하듯 창을 두드리는 빗소리를 들으며 나는 옛 생각에 잠겼습니다. 오래전 이런 밤이면 나는 자주 쇼타의 방문을 두드렸습니다. 세상이 잠길까봐 겁을 먹은 내게 쇼타는 무서운 이야기를 들려주었습니다. 그러다보면 채찍처럼 몰아치는 바람도 멀어지고, 세찬 비도 별것 아닌 것처럼 느껴졌습니다. 눈을 감으면 지금도 쇼타의 목소리가 들립니다. 옛날 옛날 어느 바닷가에……

A코라는 여자애가 살았더래. 늙은 아버지랑 단둘이 사는 A코. 아버지는 A코를 사랑하고 A코는 아버지를 사랑하고. 어느 날 둘이 쪽배를 타고 바다로 나갔다가 A코의 머리가 어망에 걸려 잔뜩 엉키는 바람에 그만 잘려버렸대. 아버지가 울며 손을 휘저었지만 이미 늦은 때였지.

일곱 날 일곱 밤을 둥둥 떠내려간 끝에 한 어부가 A코를 건졌대. 배구공 같은 A코. 어부는 A코의 뺨에 달라붙은 젖은 머리칼을 쓸어넘기고 물었지. 네 이름이 뭐니? A코. 어디에서 왔니? A코. 무슨 질문에도 A코는 A코라는 대답만. 그래도 참 용하다, 어부는 생각하고 A코를 신사에 바쳤대. 머잖아 말하는 머리에 대한 소문은 바다 건너 아버지의 귀에도 들어갔지. 아버지는 거친 풍랑을 헤치고 와서 다른 사람들 뒤에 줄을 섰대. 제단 앞에 다다랐을 때 그게 A코라는 걸 알면서 물었대. 네 이름이 뭐니? A코. 어디에서 왔니? A코. 거기까지 했으면 좋았을 텐데. 아버지는 범죄소설의 주인공처럼 해선 안 될 질문을 하고 말았대. 누가 널 이렇게 만들었니? 그 순간 A코가 말했지. 그건 바로……

원래는 이 자리에서 너! 하고 상대방을 놀래는 게 정석이지만 쇼타는 그렇게 하지 않았습니다. 대신 우리는 나란히 누워 이 이야기가 뭘 말하는지에 대해 이야기했습니다. 나는 바다를 건너가는 사랑에 대한 이야기라고 했고 쇼타는 의지에 대한 이야기라고 했습니다. 사람은 그렇게 쉽게 떠나지 않는다는 거야. 간절히 원하는 게 있으면 목이 잘려도 돌아온다는 거지……

다시 일층으로 내려오자 식탁 위엔 저녁 식사가 차려

져 있었습니다. 매일 한 자리, 이가 빠진 것처럼 비워져 있던 사인용 식탁이 딱 맞는 인원수로 채워졌습니다. 엄마와 아이코는 기름기 도는 얼굴로 이 짱의 접시 위에 부지런히 튀김을 옮겨 담았습니다. 그런 한편 그들은 조금 흥분해서, 그저 웃고만 있는 이 짱에게 함께 보던 드라마의 이야기를 마구 늘어놓았습니다. 나는 식탁을 쿵쿵 내려치며 묻고 싶었습니다. 그런 가짜 얘긴 그만하고 앞을 보라고! 누가 떠오르지 않아? 그러나 둘은 신나서 떠들 뿐 눈앞에 진짜 누가 앉아 있는지는 신경도 쓰지 않았습니다.

밥을 다 먹고 다시 드라마 감상이 시작되었습니다. 정지된 화면이 움직이자 남자의 눈에서 눈물이 도르르 떨어져 내렸습니다. 내가 자리에서 일어나자 쟁반을 들고 오던 아이코가 물었습니다.

"어디 가."

"자야지."

"벌써? 아홉시도 안 됐는데."

엄마가 다가오더니 걱정스러운 얼굴로 내 이마에 손을 얹었습니다.

"열나는 건 아니고?"

나는 손을 떼어내며 침착하게 대꾸했습니다.

"그런 거 아니야. 그냥 피곤해서."

엄마는 의심스러운 표정을 지으면서도 나를 놓아주었습니다.

욕실에 들어가 한동안 찬물에 얼굴을 씻었습니다. 화가 나는 건지, 슬픈 건지 나 자신도 알 수 없었습니다. 들 끓는 열을 간신히 식히고 문을 열고 나오는데, 문 앞에 서 있던 이 짱과 맞닥뜨렸습니다. 깜짝 놀라 자리를 피하려는데 그가 내 팔을 잡더니 목소리를 낮춰 속삭였습니다.

"저 때문에 불편하시죠?"

"……"

"죄송해요. 할머니 말씀을 거절하기가 어려워서."

나는 대꾸도 없이 방으로 올라갔습니다. 문을 닫았는데도 묘하게 떠들썩한 공기가 문틈을 비집고 이불 속까지 들어왔습니다. 축축한 눈물이 귓바퀴를 타고 흘렀습니다. 그런 게 아니야. 쇼타. 왜 모르니? 왜…… 왜 모르는 거야? 내 눈물을 먹고 자란 담쟁이가 거실로 향했습니다. 이 짱이 뱉는 날숨이 넝쿨을 무성하게 했습니다. 검은 넝쿨손들이 천천히, 그러나 멈추지 않고 사방을 휘감았고……

나는 어두운 복도에 서 있었습니다. 천장의 조명등은 조도가 낮아 겨우 발밑이 보일 정도로만 희미했고, 멀리 초록색으로 빛나는 비상구 표시가 보였습니다. 나는 그곳을 향해 천천히 걸어갔습니다. 낡은 카펫이 채 삼키지 못한 발소리가 울렸고 어디선가 천둥 치는 소리가 들렸습니다.

복도 끝에는 문 하나가 있었는데, 손을 대니 저항 없이 열렸습니다. 그 안에서 누군가 빳빳한 통나무처럼 쓰러졌습니다. 나는 반사적으로 쓰러진 사람을 품에 안았습니다. 얼굴에 머리카락이 드리워 있었습니다. 그걸 넘기려 손을 뻗는 순간 창밖에서 번쩍, 하고 번개가 내리쳐 눈앞이 하얘졌는데……

시계를 보자 아직 새벽이었습니다. 이마, 등, 겨드랑이가 달리기를 마친 사람처럼 축축했습니다. 나는 한동안 누운 자세 그대로 숨을 골랐습니다. 얼마 전 꾸었던 꿈과 똑같았습니다. 같은 장소에 가거나 같은 사람이 나온 적은 있어도 이런 적은 처음이라 혼란스러웠습니다.

꿈은 물에 물감이 풀리듯 시간에 떠밀려 사라졌지만, 이미 내 머릿속은 꿈속의 초록색으로 뒤범벅된 다음이었습니다. 나는 몇 번을 뒤척이다 자는 걸 포기하고 물이라도 마실까 싶어 일층으로 내려갔습니다. 모두 잠들어 있는 줄 알았는데, 누군가 베란다 문을 열고 바깥을 보고 있었습니다. 짙은 감색의 낡은 잠옷 아래로 드러난 발목이 창백하게 빛나고 있었습니다. 그걸 보자 무덤가의 도깨비불 이야기가 떠올랐습니다. 그게 어린애나 겁쟁이의 환영이 아닌, 시체의 인광이라는 얘기도요.

짙은 흙냄새와 안개비가 밀려 들어오는데도 이 짱은 문을 닫을 생각이 없어 보였습니다. 아니, 오히려 갈증이 나는지 식물처럼 조금씩 꿈틀대며 가슴을 바깥으로 내밀었습니다.

"그치지를 않네요."

그가 가라앉은 목소리로 속삭이며 문을 닫은 건 내 코가 파랗게 언 다음이었습니다.

"무슨 봄비가 이렇게 내릴까. 정말 종일 내려서⋯⋯ 신기하기도 해요. 계속 이러면 분명 사람들이 미치고 말 거야."

침묵 위로 또다시 침묵이 내려앉았습니다. 이 짱이 불단 위에 놓인 할아버지와 아이코의 사진으로 손을 뻗었습니다.

"미남이시네요."

나는 고개를 끄덕였습니다.

"배우셨대요. 성공하지는 못했지만."

아이코는 친구를 따라간 극장에서 할아버지를 보고 첫눈에 반했습니다. 그 뒤로 그를 따라 전국을 유랑했지만, 구애는 받아들여지지 않았지요. 아이코는 중간에 그만뒀어도 여고를 다닌 데다 공장장 딸이었습니다. 게다가 먼 친척 중에 옛날 귀족도 있었죠. 그러나 할아버지는 반반한 얼굴을 빼면 아무것도 없는 무학의 고아면서 끝까지 아이코를 거절했습니다. 몇 번씩 자살 소동을 벌여도 소용이 없자 아이코는 할아버지를 포기했습니다. 그 대신 그에게 '영원히 남을 선물'을 달라며 간신히 얻은 게 이 짱의 손에 들린 사진 한 장이었죠.

"이상하죠. 할아버지는 대단한 배우가 되고 싶었는데 남은 건 그가 가장 끔찍하게 여기던 여자랑 찍은 사진이랑, 그 사람이 가진 기억밖에 없어요. 할아버지가 무대에 선 걸 본 사람도 있었겠지만, 이젠 죽었거나 혹 살아 있더라도 그런 사람을 봤다는 사실조차 잊었을 거예요."

"에리카 상이 있잖아요."

"난 아니에요."

이 짱의 말에 나는 조금 쓸쓸한 기분이 되어 고개를 저었습니다. "할아버지의 피는 내가 아니라 쇼타가 가졌죠."

나는 두 사람의 액자 옆에 놓인 쇼타의 사진을 들었습니다. 꽃다발을 들고 얌전하게 웃고 있는 쇼타는 아기처럼 순결해 보이기도, 산전수전을 겪은 노인처럼 강해 보이기도 했습니다. 하지만 그 모든 걸 넘어 내가 가장 강하게 느끼는 건 애처로움이었습니다. 그건 내 속 깊은 곳에 잠들어 있다가, 이따금 해일처럼 몰려와 손쓸 도리 없이 뺨을 타고 흘러내렸습니다.

"쇼타는" 나는 천천히 입을 뗐습니다.

"쇼타는…… 아주 예쁘고 착했어요. 어릴 땐 사람들이 딸이냐고 그랬대요. 그 덕에 남자애들한테 놀림감이 되기도 했지만…… 결국엔 이겨냈어요. 조금 떨어진 고등학교에 진학했는데, 거기서는 친구도 많이 사귀었지요. 잘된 일이었어요. 나는 걔가 언제나 평범하게 행복하길 바랐거든요."

"지금은 어디 사시는데요?"

"죽었어요."

"……"

"아주 큰 지진이 있었어요. 쇼타뿐만 아니라 많은 사람들이 사라졌어요."

"죄송합니다."

나는 고개를 저었습니다.

"사람들은 쇼타가 먼 친척집 애라고 생각했대요. 그렇게 아름다운 애랑 내가 같은 피라고는 생각할 수 없었으니까……"

어둠 속에서 이 짱의 얼굴이 당혹감으로 빛났습니다. 나는 한 걸음 더 다가갔습니다. 체취에 뒤섞여 옅은 향기가 풍겼습니다. 오랜만에 맡았지만 눈물나게 익숙한 냄새였죠. 내가 코를 벌름대자 이 짱이 팔을 들고 킁킁댔습니다.

"아, 아직도 고기 냄새가 나요. 낮에 먹어서. 여기 오기 전에 페브리즈 뿌렸는데……"

나는 고개를 저었습니다. 매일 아침 이불에 페브리즈를 뿌린 뒤 창틀에 널어두던 쇼타의 모습이 떠올랐습니다. 쇼타가 사라진 뒤로 나는 한 번도 그걸 쓰지 않았습니다. 제령除靈 효과가 있다는 얘기를 들었거든요. 나도 모르게 제어되지 않는 이야기들이 쏟아졌습니다.

"쇼타는 자주 그런 말을 했어요. 우리는 반쪽이라고. 남들이 아무리 뭐라고 해도 너와 나는 세상에 유일한 반쪽들이라고. 나는 그 말을 믿었어요. 믿고, 어떤 형태라도 좋으니 돌아오라고 매일매일 기도를 했어요. 거의 포기하고 있었는데. 이제 오지 않아도 어쩔 수 없겠구나 싶었는데."

나는 이 짱의 얼굴에 손을 올렸습니다. 눈을 감자 부드럽게 올라온 뺨의 솜털이 느껴졌습니다. 내 눈꺼풀 안쪽으로 하얀 별이 둥둥 떠 있었습니다. 먼 옛날 내가 우울해할 때면 쇼타는 머리 위로 검은 담요를 덮어, 실과 실이 직조된 틈새로 비치는 빛을 보여주었습니다. 그 작은 플라네타륨 안에 함께 누워 있으면 쇼타의 냄새가 어느 때보다 강하게 느껴졌지요. 내가 들키지 않게 조심조심 숨을 몰아쉬고 있으면 쇼타는 이렇게 말했습니다. 기분 풀렸어? 나중엔 정말 별이 많이 보이는 곳에 가자. 매일매일 가자……

"쇼타."

내가 중얼거리자 이 짱이 내 손을 잡고 부드럽게 떼어냈습니다.

"니카이도 상."

"……"

"어떤 마음일지 알아요. 하지만 이건 조금…… 불편하네요."

이 짱이 조심스레 내 손에서 사진을 빼내어 불단 위에 올려두었습니다.

"미안해요. 화장실에 가려고 했는데."

이 짱이 저벅저벅 어둠 속으로 사라졌습니다. 나는 멍

226

하니 서 있다가 베란다 문을 다시 열어보았습니다. 비는 어느샌가 그쳐 있었고, 젖은 것들이 달빛을 받아 빛나고 있었습니다.

*

그 뒤로는 이 짱을 볼 일이 없었습니다. 일하는 시간이 겹치지 않는 이상, 우리가 만날 일은 없었으니까요. 나는 새삼스럽게도 이 짱이 내가 아니라 아이코의 친구라는 걸 깨달았습니다. 하루라도 빨리 아이코가 이 짱을 초대하길 바랐습니다. 하지만 이상하게도 언제부턴가 아이코는 그런 사람은 없었다는 듯 시침을 뚝 뗐습니다. 이 짱은 잘 지내는지 물어보았지만 그건 같이 일하는 네가 알지 내가 알겠냐는 묘한 대답을 들었을 뿐입니다.

아이코가 변한 이유를 알게 된 건 얼마 지나지 않아서였습니다. 편의점에서 잡지를 고르고 있는데 문득 유리문 밖으로 인영이 획 하고 지나갔습니다. 반사적으로 힐끗 쳐다본 나는 하마터면 심장이 멎을 뻔했습니다. 눈앞에 걸음을 재촉하는 이 짱이 보였거든요. 그러나 평소와 분위기가 달랐습니다. 그간 본 적 없는 화장한 얼굴에 이상하게 신경이 곤두서 보였습니다. 게다가 피우는지도 몰랐던 담배를 입에 물고 인상을 잔뜩 쓰고 있었습니다. 탁, 하고 그가 길거리에 담배꽁초를 내던진 걸 신호로 나는 잡지를 내려두고 뒤를 쫓았습니다.

빠른 걸음에 숨이 조금 찰 때쯤, 이 짱이 멈춰 섰습니다. 집에서 멀지 않은 I역 앞 광장이었지요. 역사 위에 위치한 백화점의 그림자가 드리워진 탓에 광장은 양지보다 서늘했습니다. 그러거나 말거나, 민소매 티 하나만 걸친 채 버스킹을 하는 젊은이와 시계탑 근처를 얼쩡대는 우중충한 사람들 속에서 이 짱은 꽃술처럼 두드러졌습니다. 광장의 허가받지 않은 주인인 노숙자들과 그저 종일 어슬렁댈 뿐인 무직자들이 아닌 척 그를 흘끔대는 게 느껴졌습니다.

나는 그와 멀찍이 떨어진 자리에 서서 손에 나는 땀을 자꾸 바지에 문질렀습니다. 여기 있지 마, 이 짱. 그렇게 좋은 동네가 아니란 말야. 이런 소리가 목안에서 들끓었습니다. 마음 같아선 그의 곁으로 뛰어가 당장 손을 잡고 끌어내고 싶었습니다. 이상한 소리지만 누군가 뛰어나와 이 짱을 해칠 것 같다는 생각이 들었거든요.

그러나 이 짱의 어깨를 두드린 건 식칼을 든 미치광이가 아니라 마이멜로디와 솜사탕의 혼종 같은 여자였습니다. 이 짱의 어깨에 닿을까 말까 한 작은 키에, 누구에게도 위협이 될 만한 사람이 아니었지요. 다정한 사이였는지 멀리서도 두 사람이 반가워하는 게 보였습니다. 뭐가 그렇게 웃긴지, 이 짱이 한마디 할 때마다 여자가 그의 팔을 쓰다듬듯 부드럽게 내리쳤습니다.

두 사람이 향한 곳은 가까운 재개봉관이었습니다. 나는 모르는 척 서 있다가 둘이 표를 끊자마자 매표소로 향했습니다.

"방금 두 사람이랑 같은 거 한 장이요."

"예?"

"아니, 요 앞에서 얘기하는 걸 들었는데. 재미있어 보여서."

직원은 무슨 헛소리인가 싶은 표정을 지으면서도 내가 태연하게 굴자 표를 끊어주었습니다. 기분 탓인지 유독 손이 느린 직원 앞에서 조바심을 내는데, 그가 주위를 두리번대더니 목소리를 낮춰 물었습니다.

"혹시 탐정?"

무슨 소리인가 싶어 입을 못 떼는데 직원이 다시 한번 물었습니다.

"불륜 조사?"

내가 얼결에 고개를 끄덕이자 직원이 흥미진진한 표정을 지었습니다. "어쩐지." 그게 무슨 뜻인지 신경쓰였지만 나는 묻지 않고 돌아섰습니다.

나는 문밖에 서서 기다리다가 영화가 시작한 뒤 들어 갔습니다. 상영관은 거의 텅 비어 있었고, 둘이 나란히 앉은 실루엣은 단 하나뿐이라 금방 이 짱과 여자를 찾을 수 있었습니다. 그날의 영화는 중년의 배우가 등장하는 로맨스물이었습니다. 여름이지만 우중충한 날씨로 실내는 서늘했습니다. 뼛속 깊이 스며드는 냉기를 느끼며 쏟아지는 졸음에 눈을 깜빡이는데, 갑자기 여자의 머리가 바르르 떨리더니 서서히 이 짱에게로 기우는 게 보였습니다. 그제야 매표소 직원의 말이 이해가 갔습니다. 거리에서 가끔 둘의 손등이 부딪치던 게 우연이 아니라는 것도요.

영화가 끝난 뒤 둘은 I역 서쪽 출구 근처 골목으로 향했습니다. 예상대로 둘은 모텔 안으로 들어갔습니다. 그 맞은편 카페에 멍하니 앉아 있는데 갑자기 내 꼴이 너무 우습다는 생각이 들었습니다. 단지 그것뿐이었습니다. 과도한 충격을 받은 탓인지, 마치 회로 어딘가가 완전히 끊어진 것처럼 아무런 감정도 느껴지지 않았습니다.

넋을 놓은 사이 해가 기울었습니다. 누렇게 때가 낀 건물들 위로, 하늘은 낮의 음울함을 보상하듯 휘황찬란한 분홍색으로 빛났습니다. 나는 다 식은 커피잔을 들고 일어섰다가 다시 주저앉았습니다. 맞은편에서 횡단보도를 건넌 두 사람이 다가오고 있었습니다. 이렇게 금방 나오나. 순간 울컥하는 마음이 들어 나도 모르게 빈정대는데, 갑자기 피가 차게 식었습니다.

아까는 멀리 있어 몰랐지만, 가까이서 본 여자의 얼굴엔 주름이 자글자글했습니다. 붙인 눈썹은 벌레처럼 꿈틀거렸고, 핏기 없는 얼굴은 콧잔등과 턱의 화장이 벗겨져 석회 칠을 한 듯 엉망이었습니다. 여자가 이 짱의 손을 꼭 쥐었다 놓았습니다. 낮에는 그토록 친밀해 보이던 동작이, 이제는 겁박처럼 느껴졌습니다. 여자가 탄 택시가 모퉁이를 넘어갈 때까지, 이 짱은 고개를 들지 않았습니다.

그날 밤 나는 인터넷을 뒤져서 이 짱의 프로필이 올라와 있는 사이트를 찾았습니다. 얼굴이 교묘하게 가려져 있었지만 보자마자 알았습니다. 거기서 이 짱은 '윤'이라는 이름을 쓰고 있었습니다. 나이는 스물여섯. 가타카나로 적힌 그 이름은 한국 이름 같기도, 일본 이름 같기도 했습니다. 나는 고민하다가 가명으로 예약 메일을 보냈습니다.

아침에 일어나자 지난밤에 제정신이 아니었구나 싶었지만, 차마 취소하지 못했습니다. 아니, 애초에 다시 그 사이트에 들어갈 용기가 나지 않았습니다. 그래서 그냥 아무 일 없던 척했습니다. 그럼 어느 순간 모든 게 끝나 있을 것 같았거든요.

그러나 머릿속에선 예약한 날짜와 시간이 떠나지 않았습니다. 밤마다 잠을 설쳤고 입안이 깔깔해 뭘 제대로 먹을 수도 없었습니다. 일을 하던 도중엔 가벼운 현기증마저 느끼곤 했습니다. 그런 상태였으니 제대로 웃거나, 손님을 받기도 어려웠습니다. 매니저가 내 얼굴만 보면 깊은 한숨을 쉬는 걸 눈치챘지만, 그걸 알은척할 기력도 없었습니다.

약속한 당일이 왔습니다. 간단한 아침 식사를 사러 몰려든 사람들을 보내고 한숨 돌리고 있었는데 자동문이 열렸습니다. 누군가 심장을 꽉 잡은 듯 숨이 막혔습니다. 막 일어났는지 뽀얗게 부은 이 짱이 가볍게 눈인사를 하며 계산대 위에 우유 한 통을 올려두었습니다.

"니카이도 상, 오랜만에 보네요."

나는 올라오는 신물을 삼키며 간신히 고개만 끄덕였습니다. "2백 엔이에요."

물건을 정리하던 T상이 호들갑을 떨었습니다. "아, 이 짱 웬일이야."

"아침 먹으려는데 우유가 떨어져서요."

"오늘은 어디 안 나가?"

"낮에는요. 저녁엔 약속 있어요."

"아, 좋겠다. 나도 집에 가서 밥 먹고 오전 내내 뒹굴뒹굴하고 싶다."

"그럼 지금 같이 가요."

"미쳤어? 잘리면 뭐 먹고살라고. 이 짱이 나 책임질 거야?"

"그러죠, 뭐."

T상이 깔깔 웃었습니다. "하여간 아줌마한테 못하는 말이 없어. 얼른 가."

이 짱이 씩 웃고 돌아섰습니다. "안녕히 계세요."

자동문이 열리는 경쾌한 소리가 들리고 이 짱이 나갔습니다. 바깥은 아까보다도 훨씬 밝아져 있어 마치 이 짱이 빛 속으로 걸어가는 것처럼 보였습니다.

"약속, 애인이겠지?"

T상이 입을 연 건 귀를 먹먹하게 하던 이 짱의 잔향殘響이 사라지고 나서도 한참이 지난 다음이었습니다. 그는 상자에서 턱턱 담배를 꺼내 채우며 아무렇지 않게 말했습니다.

"지난번에 S상이 봤대. 이 짱이 누구랑 팔짱 끼고 가는 거."

"그런가요."

"응. 신주쿠랬나? 근데 영 다른 사람처럼 옷을 입고 있어서 처음엔 못 알아볼 뻔했대."

T상이 손을 멈추더니 장난처럼 한숨을 몰아쉬었습니다.

"에휴, 부럽네. 나도 저렇게 젊고 예쁠 때 연애 많이 했어야 하는데."

나는 쓰게 웃었습니다. 그게 T상이 상상하는 것처럼 낭만적인 만남이 아니라는 걸 말할 수 없었어요. 정리를 끝낸 T상이 손을 씻었습니다.

"그래도 연애만 해야지. 아무래도 결혼까진 좀 그래. 그렇지 않아? 문화나 이런 게 다르니까."

T상이 냅킨으로 손을 닦으며 중얼댔습니다.

"저 있지, 이 짱도 성형했을까? 했겠지? 니카이도 상은 어떻게 생각해?"

채 뭐라 말하기 전 자동문이 열렸습니다. T상은 딱히 대답을 바란 건 아니라는 듯 금방 돌아서서 외쳤습니다.

"어서 오세요. 지금 막 튀긴 고로케가 할인중입니다."

T상의 기운찬 목소리와 함께, 편의점은 가까운 공사장에서 간식을 사 먹으려고 몰려든 인부들로 순식간에 붐볐습니다.

일을 마쳤지만 약속시간까진 아직 한참이 더 남아 있었습니다. 나는 고민하다 가까운 패밀리 레스토랑으로 갔습니다. 쇼타가 죽고 난 뒤론 온 적이 없었는데. 몇 년 만이었지만 변함없었습니다. 나는 커피 한 잔을 앞에 두고 생각에 잠겼습니다.

이따금 잠이 오지 않는 밤이면 쇼타와 나는 모자를 뒤집어쓰고 나와 이 레스토랑의 가장 구석진 자리로 갔습니다. 무슨 이야기를 나눴는지는 잊었지만 확실한 건 언제나 내가 안쪽 소파 자리고, 쇼타가 바깥쪽 의자 자리였다는 겁니다. 동물은 적에게 등을 보이지 않잖아. 그러니까 에리카는 아직 그런 날카로운 감각이 남아 있는 거야. 의자에 앉으면서 쇼타는 매번 그렇게 말했습니다.

완전히 틀린 말은 아니었습니다. 나는 가끔 이상할 정도로 생생한 꿈을 꿨고 그건 머잖아 정말로 일어났거든요. 아빠가 돌아가셨을 때도 그랬습니다. 아주 어린 아이였지만 나는 그날의 꿈을 지금도 또렷하게 기억하고 있습니다.

꿈에서 나는 공사장에 있었습니다. 하늘처럼 높은 건물을 우와, 하며 바라보고 있었는데 쇠파이프를 가득 실은 커다란 차가 갑자기 후진하며 미끄러져 오는 게 보였습니다. 위험해! 아빠가 소리치며 내 손을 당겼습니다. 차 뒤로 다니는 거 아냐. 알았지? 응, 하고 내가 고개를 끄덕이는데 다시 앞으로 나아가려던 차에서 쾅하고, 창처럼 쇠파이프가 쏘아졌습니다. 나는 여전히 멍한 상태로 눈만 깜빡이고 있었습니다. 어느새 아빠는 바닥에 누워 있었고 사람들이 비명을 지르는 소리가 들렸습니다. 물고기 내장이나 입술 안쪽처럼 부드럽고 윤기가 흐르는 분홍 빛깔이 아빠의 배에서 비져나온 게 보였습니다. 인간은 저렇게 아름다운 걸 몸에 숨기고 사는구나 싶어 혼자 감탄하는데, 그 순간 아빠의 손에서 작은 구슬이 데구르르 굴러왔습니다. 나는 그걸 주워 주머니에 넣었습니다.

아빠의 장례식에서 불에 타고 남은 흰 뼈를 도자기에 담는 걸 보다가 불현듯 그 꿈이 떠올랐습니다. 나는 엄마의 스커트를 붙잡고 있던 쇼타를 불러내 며칠 전에 이런 꿈을 꾸었다고 설명했습니다. 그러자 쇼타가 내 귀에 대고 속삭였습니다. 에리카. 그건 말하지 않는 게 좋을 것 같아. 정말? 응. 엄마는 지금 아주 슬퍼하잖아? 응. 할머니도 아주 슬퍼하잖아? 응. 그런데 에리카가 아빠의 일을 말하면 더 슬퍼할 거야. 꿈에 나온 일인데? 응. 꿈인데도 그래. 사람들은 사실 뭐가 꿈이고 뭐가 진짜인지 잘 구분하지 못하거든. 봐봐. 에리카도 꿈인데 슬펐지? 나는 고개를 저었습니다. 아니. 하지만 만져봤다며. 응. 어땠어? 나는 곰곰이 생각하다가 대꾸했습니다. 뜨거웠어. 응, 확실하게 뜨거웠어. 그제야 안심한 듯 쇼타가 어깨를 펴고 말했습니다. 거봐, 그러니까 말을 해서는 안 되는 거야. 그럼 앞으로도 하면 안 돼? 그러자 쇼타는 그 조그만 미간을 있는 대로 찌푸리다가 속삭였습니다. 음, 그럼 딱 한 번은 해도 돼. 내가 위험할 때.

그러나 막상 네가 죽는 꿈을 꾸었다고 했을 때 쇼타는……

한 모금도 마시지 않은 커피값을 치르고 레스토랑을 나왔습니다. 현명한 선택이었습니다. 분명 물만 마셨음에도, 심장은 견딜 수 없게 쾅쾅 뛰었습니다. 나는 무언가에 쫓기듯 걸어 약속시간보다 훨씬 이르게 광장에 도착했습니다.

구름 한 점 없는 맑은 날이었습니다. 숙련된 미장이가 도장한 듯 말끔한 푸른 하늘 때문인지, 까마귀의 배설물이 떨어진 너절한 콘크리트 광장도 한결 우아해 보였습니다. 그 속에서 나만 혼자 한여름에도 몸을 떠는 노인처럼 두 팔을 꼭 껴안고 있었습니다. 위안이 될 거라고 생각하진 않았지만 역시 혼자 하는 포옹으로는 역부족이었습니다. 시계탑의 분침은 느리게 움직였습니다. 그럼에도 나는 시간은 가고야 만다는 것, 그리고 그걸 거스를 사람은 없다는 걸 알았습니다.

멀리, 밀려오는 인파 사이로 이 짱이 보였습니다. 나도 모르게 도망쳐, 정신을 차리니 모텔촌으로 와 있었습니다. 휴대폰을 확인하니 아직 약속시간 삼 분 전이었습니다. 이 분, 일 분…… 빠르게 뛰는 맥박에 귀가 멀어버릴 것 같았습니다. 눈에 초점이 잘 맞지 않아 어지러움을 느끼며, 그만 가드레일 위에 걸터앉았는데 휴대폰이 가볍게 떨렸습니다. '윤'에게서 온 메일이었습니다.

―저는 지금 막 도착했어요. 사쿠라기 상은 아직인가요?

얼굴을 보고 직접 말하는 것도 아닌데 손이 떨렸습니다. 나는 몇 번이고 오타를 고쳐가며 메일을 보냈습니다.

―제가 초행길이라 길을 잃었어요. 이쪽으로 와주실래요?

모텔 주소를 적어 보낸 뒤, 그 앞의 공중전화 부스에 돈을 봉투째 두고 맞은편 카페 이층 창가 자리에 앉았죠. 잠시 뒤 이 짱이 걸어왔습니다. 그는 이제 막 서서히 깨어나기 시작한, 아직은 텅 빈 모텔촌을 천천히 두리번거렸습니다. 그걸 보며 나는 메일 한 통을 더 썼습니다.

　─갑자기 일이 생겨서 먼저 갑니다. 모텔 앞 공중전화 부스에 돈 넣어뒀습니다. 헛걸음하게 해 대단히 죄송합니다.

　이 짱이 주머니에서 휴대폰을 꺼냈습니다. 그러곤 그 자리에 멈춰 서서 휴대폰과 주변을 번갈아 보더니 부스 안으로 들어갔습니다. 한동안 나오지 않아 조바심 내며 지켜보는데 휴대폰이 울렸습니다. 연달아 네 통의 짧은 메일이 도착했습니다.

　─사쿠라기 상. 돈 잘 받았습니다. 그런데 내가 이걸 받아도 되는지 모르겠네요.

　─실례지만 혹시 이런 일이 처음이신가요?

　─이해해요. 가끔 그런 분들 있어요. 나도 처음엔 부끄러웠는걸요.

　─어쨌든 고맙습니다. 혹시 마음이 생기면 다시 불러줘요. 잘해줄게요.

　이 짱은 부스에서 나와 골목으로 사라졌습니다. 나 역시 카페에서 나와 서서히 길어지기 시작하는 푸른 그림자를 끌며 집으로 돌아왔습니다.

　그 이후로 나는 이 짱의 뒤를 쫓았습니다. 아니, 정확히 말하면 카페에 앉아 그애가 들어가고 나오는 걸 지켜봤습니다. 물론 그애가 일하는 모습을 보는 게 즐겁진 않았어요. 실은 무척 고통스러웠죠. 내가 참을 수 있었던 건 몇 번의 데이트를 지켜보며 그애가 아무도 사랑하지 않는다는 걸 깨달았기 때문입니다. 그애가 쓰다듬고, 만지고, 핥는 건 여자라는 사념체일 뿐 하나의 인간이 아니었습니다.

물론 내가 그애의 몸만을 사랑했다면 나는 그 일을 견디지 못했을 겁니다. 하지만 내가 원한 건 그의 전부였습니다. 말하자면 영혼까지요. 다행히 그애는 거기까지는 아무에게도 주지 않은 것처럼 보였지만, 그럼에도 이따금 내 마음은 완전히 부서졌습니다. 그런 날이면 나는 피로 편지를 썼습니다. 잘 지내고 계시지요? 언제나 건강 조심하세요. 당신을 보는 시간은 너무 짧고 당신을 보지 못하는 시간은 너무 깁니다.

그리고 또 편지를 썼습니다.

당신에게 당신이 있으면 좋을 텐데. 당신은 당신을 쓰다듬어주나요? 이따금 두 팔을 엮어 당신을 안아주나요? 그랬으면 좋겠네. 당신도 알아야 하는데. 당신이 얼마나 사랑스러운 사람인지.

또다른 편지도.

당신을 사랑합니다. 이 말을 하면 당신은 되물을지 모

룹니다. 도대체 무얼 보고 자신을 사랑하냐고요. 틀린 말은 아닙니다. 우리가 만난 건 손에 꼽고 내가 당신에 대해 아는 것도 적습니다. 하지만 이런 상상을 해본 적은 없나요? 이 세상에서 시간은 하나로만 흐르지 않고, 다른 시간대에서 만난 누군가가 진짜 당신에 대해 알려주는 상상이요. 그는 당신보다 당신을 더 잘 알고 있을지 모릅니다. 어쩌면 당신의 전생까지.

하지만 한 번도 부치지 못했습니다. 하늘은 매일 똑같은 잿빛이었습니다. 카페에서 같은 시간 울려퍼지는, 가벼운 재즈에서 시작해 팝으로 넘어가는 플레이리스트를 듣고 있으면 한숨이 나왔습니다.

반복이 깨진 건 장대비가 쏟아지던 날이었습니다. 그날도 퇴근하고 카페로 향하는데 맞은편에서 이 짱과 여자를 발견했습니다. 희고 오뚝한 코. 쏟아지는 빗속에서 누군가를 구분하는 건 어려운 일이지만, 순간 그게 아는 얼굴처럼 보였습니다. 설마, 하는 마음과 두려운 마음이 커졌습니다. 자동문이 열리고 두 사람이 모텔로 들어갔습니다. 나는 신호도 기다리지 않고 젖은 횡단보도를 건넜습니다. 측면에서 빵 하는 클랙슨 소리와 함께 트럭한 대가 미끄러지는 소리가 들렸는데도 차에 치이면 어쩌지, 그런 걱정은 들지 않았습니다.

내가 모텔 안으로 들어갔을 때 두 사람이 탄 엘리베이터의 문이 막 닫히고 있었습니다. 살짝 열린 틈새로 나는 맞잡은 손과 여자의 얼굴을 확인할 수 있었습니다. 역시 타무라가 맞았어요. 그러자 살짝 웃음도 났습니다.

이 짱을 찾는 여자들은 다양했는데, 그중에는 굳이 왜 이 짱의 도움을 받을까 싶을 정도로 아름다운 여자도 있었습니다. 그런 여자가 오는 날이면 질투의 불길은 평소보다 더 거세게 타올랐습니다. 하지만 타무라의 얼굴을 보자 지금까지는 고작 성냥불에 불과했다는 걸 알았습니다.

사람들은 이렇게 말하곤 합니다. 사랑은 불이고, 그 안에서 종이처럼 타는 사람과 쇠처럼 단련되는 사람이 있다고요. 그러나 지옥불에서 녹지 않는 쇠는 없습니다. 나는 형태도 없이 뜨겁게 녹아내리면서 한편으론 기묘한 안도감을 느꼈습니다. 타무라가 돌아왔다는 건, 이 짱이 정말 쇼타라는 증거이기도 하니까요.

엘리베이터는 삼층에 멈췄습니다. 나는 그들이 이끄는 대로 계단을 따라 삼층으로 갔습니다. 꺾인 복도 너머에서 발소리가 들려 부지런히 따라가는데, 무언가 발에 채었습니다. 카드지갑이라는 걸 깨달은 순간 멀리서 다급한 발소리가 울렸습니다. 나는 반사적으로 가장 근

처에 있던 열린 문 안으로 들어갔습니다. 심장이 벌렁벌
렁 뛰었습니다. 지갑을 떨어뜨려서…… 가까이에서 이
짱의 목소리가 들리더니 다시 멀어졌습니다. 두 사람의
발소리가 멈추고, 문이 열리고 닫히는 소리가 들렸습니
다.

나는 벽에 기대 숨을 몰아쉬었습니다. 급하게 들어온
곳은 창고처럼 보였습니다. 대걸레를 비롯한 청소 도구
들이 늘어서 있고 간이의자도 있었습니다. 나는 그 위에
주저앉았습니다. 문득 정수리가 축축하게 젖는 느낌이
있어 위를 올려다보니 작은 창이 열려 있었습니다. 바
싹 붙은 건물의 창이 살짝 열려 있었는데, 그 틈으로 누
군가가 이쪽을 내려다보고 있었습니다. 나이가 아주 많
은 할아버지였습니다. 고개를 숙여 인사하곤 검지손가
락을 들어 입술을 가리자 할아버지가 똑같은 포즈를 취
하며 고개를 끄덕였습니다. 생전 처음 보는 사람과 비밀
을 만들다니 우스웠습니다. 나는 타일에 머리를 기대고
눈을 감았습니다. 차갑고 기분이 좋았고 옛날 생각이 났
고……

"타무라라고 알아?"

쇼타의 물음에 나는 두 눈을 깜빡였습니다. 티브이에
선 새로 데뷔한 아이돌이 덧니를 드러내며 노래하고 있

었습니다. 나는 이제 막 한입 베어 물려던 새우튀김을 밥 위에 올려두었습니다. 안 먹고 뭐해? 쇼타가 눈짓으로 신호를 보낸 뒤 밥공기를 들어 흰밥을 와르륵 입안으로 밀어넣었습니다. 나는 젓가락을 내려두고 찬물을 한 모금 마셨습니다. 집안 가득한 기름 냄새. 시끄러운 음악 소리. 그 틈으로 작은 물줄기 하나가 내 목을 흘러 가슴까지 이어져 내려갔습니다. 아, 시원하다. 물은 왜 이렇게 달고 시원하고 맛있을까. 가만 생각하는데 쇼타가 눈을 화면에 고정시킨 채 다시 한번 물어봤습니다.

"이름이 후미였어. 너랑 같은 반이라던데? 오늘 H선생 신간 사러 갔다 만났어. 다 팔리고 없어서 어쩌지, 하는데 걔가 와서 한 권을 딱 내밀더니 그러더라고. 에리카 오빠시죠? 저는 에리카랑 같은 반 친구예요."

쇼타는 고마움에 마실 걸 샀고, 어쩌다 보니 취향이 비슷해서 한참을 걸으며 이야기를 나눴다는 말도 덧붙였습니다. 얘기를 듣는 내내 나는 치밀어 오르는 말들을 마음속으로 삼켰습니다. 바보. 걘 네가 말하는 그런 애가 아니야. 시끄럽고 교만하고. 사람을 가려가면서 사귀고. 알은척해봤자 다 겉만 번드르르한 것뿐이라고. 뭐? H를 읽어? 그런 건 다 아저씨들 비위나 맞추며 배운 거라고. 걔가 취향이 있는 줄 알아? 그런 걸 진짜 아는 것 같아? 정조라곤 걸레짝만도 없고. 오히려 처녀들을 비웃는단 말야. 몇 번만 누워 있으면 입생로랑 백을 산다고 떠들고 다닌다고…… 그러나 나는 한마디만 했습니다. 내 친구 아니야. 그것뿐인데도 쇼타는 내 말이 무슨 뜻인지 알았는지 입을 다물었습니다.

그 이후로 쇼타는 타무라 이야길 하지 않았습니다. 교실에서 타무라와 부딪힐 일도 없었고요. 이따금 쇼타에게서 뭐라 꼭 집어 말할 수 없는 변화가 느껴졌지만 과민한 탓이라 여기며 넘겼습니다. 우리가 서로의 모든 걸 알고 있다고 생각했으니까요.

해가 바뀌었고 우리가 고등학교를 졸업할 때가 되었습니다. 나는 엄마의 심부름으로 전철을 타고 먼 친척네로 향하고 있었습니다. 귓가에 이따금 들리던 역명이 멀어지고 꿈의 그네에 매달려 흔들리는데 한순간 철골이 종잇장처럼 우그러지고 흙먼지가 날려 앞이 보이지 않았습니다. 짧은 순간이었지만 흔들리는 발밑이 어느 때보다 또렷했습니다.

"지진이다!"

나도 모르게 옆자리 사람을 붙잡았습니다. 그러나 눈을 뜨니 전철 안은 조용했습니다. 팔을 잡힌 사람이 은근히 손을 떼더니 말했습니다. "꿈을 꿨나봐요." 하지만 내 몸은 주체할 수 없이 떨렸습니다. 엿가락처럼 휘어진 다리와 장난감처럼 뒤집어진 차들, 순식간에 잠긴 도로와 무너진 건물 잔해에 깔린 쇼타…… 그토록 선명한 꿈은 아빠가 죽은 이후 처음이었기 때문입니다.

나는 달리던 전철에서 내려 동네로 되돌아갔습니다. 도서관, 패밀리 레스토랑, 카페, 서점, 집 근처 공원…… 그러나 쇼타는 어디에도 보이지 않았습니다. 전화도 받지 않았습니다. 나는 목까지 차오르는 짠 바닷물을 삼키며 집으로 향했습니다. 돌아갔는데, 갔는데도 쇼타가 없으면 어쩌지? 자꾸 불길한 생각이 밀려오는 걸 애써 무시하면서 뛰듯이 발걸음을 재촉했습니다.

다행히 멀리서 바라본 집엔 불이 켜져 있었습니다. 그림자가 서성이는 곳은 이층 쇼타의 방이었습니다. 나는 숨을 고르며 현관으로 들어섰습니다. 그러나 나는 큰 소리로 쇼타를 부르려다 입을 다물었습니다. 쇼타의 신발 옆에 못 보던 구두 한 켤레가 있었습니다. 여자 구두였지요. 나는 본능적으로 발소리를 줄였습니다. 계단을 올라 쇼타 방에 가까워질수록 귀가 먹먹해지며 숨이 턱턱 막혔지만 송아지를 빼앗긴 소처럼 계속 걸었습니다. 방문 근처에 다다르자 키득거리는 소리와 비린내가 새어 나왔습니다. 괜찮아. 아무도 안 온다니까. 니 동생은. 에리카? 괜찮아. 신경 안 써도 돼. 걔 좀 이상해. 응. 그렇지. 잠깐, 잠깐만 이쪽으로. 뭐야. 손 넣지 말라니까 바보야……

거실 불이 켜지고 수천 개의 바늘 같은 빛이 나를 찔렀습니다. 컴컴한 어둠 속에 앉아 있던 나를 보고 쇼타가 소스라치게 놀랐습니다.

"에리카. 언제 왔어?"

타무라가 손을 흔들었습니다.

"안녕, 에리카. 집에 있었구나."

내가 대꾸하지 않자 타무라가 쇼타에게 뭐라고 중얼거렸습니다. 쇼타가 만류하듯 타무라의 팔을 잡더니 그와 함께 문밖으로 나갔습니다. 잠시 뒤 다시 집으로 들어온 쇼타가 어설피 다가와 소파에 앉았습니다.

"왜 그러고 있어. 불도 안 켜고."

난 대답 없이 앞을 바라봤습니다. 검은 티브이를 보고 있자 그 안쪽에서 작은 빛이 보였습니다. 빛은 점점 커져 아까의 꿈이 되었습니다. 부서진 집, 밀려온 파도. 붉은 피가 죽 흐른 뺨에 호두 찌꺼기 같은 머릿속이 드러난 아름다운 쇼타가 초점 없는 눈으로 나를 보고 있었습니다. 그 품엔 타무라가 안겨 있었습니다.

나는 리모컨을 집어 들었습니다. 화면에선 아동용 애

니메이션이 나왔습니다. 언제까지나 나이들지도, 병들
지도 않는 아이들이 작은 마을 안에서 행복하게 살고 있
었습니다. 쇼타가 불편한지 몇 번 자세를 바꾸어 앉았습
니다. 나는 소파의 진동을 가만히 느끼다 침묵을 깨고
입을 열었습니다.

"쇼타. 옛날에 한 말 기억해?"

"응?"

"꿈 이야기."

어리둥절한 표정을 짓던 쇼타가 알겠다는 듯 고개를
끄덕였습니다.

"아, 옛날에…… 갑자기 왜?"

내가 아무 말 없이 얼굴만 바라보자 쇼타가 어딘가 찜
찜하다는 표정을 지었습니다.

"무슨 일 있어?"

"쇼타."

"응?"

"내일 여행 안 가면 안 돼?"

쇼타가 입을 열려는 순간 때마침 엄마가 들어왔습니
다. 양손에 저녁거리가 가득 들려 있었고, 바람 비린내
가 풍겼습니다. 쇼타가 현관으로 다가가 엄마의 봉투를
받아들었습니다.

"좀 쌀쌀하네." 엄마가 목도리를 풀어헤치며 물었습니다.

"생각보다 일찍 왔네. 큰외할아버지한테 인사는 잘하고 왔고?"

"……"

"뭐야. 대꾸도 안 하고. 무슨 일 있니? 쇼타, 얘 무슨 일 있어?"

나는 고개를 저었습니다. "아무것도 아냐. 깜빡했어." 그 말에 엄마가 한숨을 쉬었습니다. "얼른 갔다 오지. 그걸 또 미루게?" 쇼타가 엄마를 달랬습니다. "괜찮아. 내가 여행 다녀와서 갈게요. 우리 둘이 가면 되잖아, 그치?"

둘은 부엌에서 복작대며 저녁 준비를 시작했습니다. 일을 마치고 돌아온 아이코까지 함께해 금방 한 상이 차려졌습니다. 엄마는 밥을 먹으면서도 몇 번씩 쇼타에게 물었습니다. 내일 아침에 가는 거 맞지? 짐은. 제대로 잘 챙긴 거 맞아? 비상 연락처 잘 적어뒀지? 쇼타는 더이상 애가 아니라며 투덜대면서도 엄마의 말에 친절히 대꾸했습니다.

"그래도 다 컸네. 친구들이랑 여행도 가고."

"졸업 전에 한번 가보는 거죠. 이제껏 그쪽으론 가본

249

적이 없기도 하고……"

가족들이 팸플릿을 펴고 앉아 특산물 목록을 구경하는 걸 뒤로하고 나는 자리에서 일어났습니다. 발소리가 들리더니 계단으로 쫓아 올라온 쇼타가 내 팔을 잡았습니다.

"에리카, 너는 안 골랐어."

"뭐?"

"선물 말야. 뭐가 좋은지 말 안 했다고."

미끄러질 듯 가파른 계단 아래서 나의 그림자를 덧쓰고서도 쇼타의 두 눈은 선명하게 빛났습니다. 내가 대꾸가 없자 쇼타가 한숨을 쉬었습니다.

"에리카. 미안하지만 갑자기 그런 얘기를 하면 좀 그래. 오래전부터 준비하던 여행인데."

"그냥 취소하면 되잖아."

"그렇게 쉽지가 않아. 친구들이랑 다 같이 가기로 한 건데."

"친구들이랑 가는 건 맞아?"

"뭐?"

"타무라랑 둘이 가는 거 아니냐고."

그제야 쇼타가 알겠다는 듯한 표정을 지었습니다. "에리카. 너……" 쇼타가 고개를 저었습니다. "아니다.

됐다. 아무것도 아니야." 잠시 뒤 입을 연 쇼타는 어딘지 묘하게 화가 난 것 같기도, 짜증이 난 것 같기도 했습니다.

"있지, 에리카."

"······"

"일찍 말 못해줘서 미안해. 하지만 우린 더이상 애가 아니야. 알고 있지? 언젠간 우리도 서로를 떠날 거야. 그게 당연하다고."

"아니야."

나는 고개를 저었습니다.

"그런 게 아니야. 꿈을 꿨어. 쇼타가 타무라를 감싸다가······ 다치는 꿈. 쇼타가 그랬잖아. 내 꿈은 진짜라고. 무슨 일이 있으면 꼭 말해달라고."

"에리카." 쇼타가 한숨을 쉬었습니다.

"벌써 몇 번이나 말했잖아. 아빠는 죽은 게 아니야. 우리를 버리고 간 거지. 봐, 불단 위에도 아빠 사진은 없잖아. 할아버지 사진만 있잖아."

"아니야. 내가 봤어. 꿈에서 분명······"

"에리카." 쇼타가 내 말을 딱 잘랐습니다. "꿈은 꿈일 뿐이야. 이제 그만해."

나는 입을 다물었습니다. 그게 단지 꿈이 아니라고 말

해준 것도 쇼타. 꿈일 뿐이라고 말한 것도 쇼타. 내가 아무리 미래를 보았다고 해봤자 쇼타가 믿지 않으면 의미가 없었습니다.

"그래. 네 말이 맞아."

"……"

"이런 장난질이나 할 때는 지났지."

나는 어둠에 내 얼굴이 가려지길 바라며 중얼거렸습니다.

"잘 다녀와, 쇼타. 선물은 아무거나 상관없어."

"뭐야. 그런 게 어딨어."

"정말 아무거나 괜찮아. 네가 골라줘. 네가 나를 가장 잘 알잖아."

그 대신, 이상한 거 골라 오면 죽을 줄 알아, 내가 농담을 덧붙이자 그제야 눈에서 의심의 빛이 걷힌 쇼타가 배시시 웃었습니다.

"그래. 그럼 알아서 사올게. 나중에…… 너도 같이 가자." 나는 내 팔에서 쇼타의 손을 뗐습니다. 어느샌가 핏줄이 불거지고 마디가 굵어져 어른의 것이 되어버린 쇼타의 손에 닿자 눈물인지 구토인지 모를 것이 왈칵 치솟았습니다. 또다시 피에 젖은 쇼타의 모습이 눈앞을 스쳐 지나갔습니다. 나는 작게 머리를 흔들어 꿈을 쫓아냈습

252

니다. "그래. 다음에." 그것이 내가 쇼타에게 한 마지막 말이었지요.

*

"생일 축하해."

문을 열고 들어가자 엄마와 아이코가 외쳤습니다. 왜 이렇게 늦었어. 눈앞엔 케이크에 꽂힌 작은 촛불들이 일렁이고 있었습니다. 그걸 보기 전까진 내 생일이란 것도, 그런 날이 있다는 것도 까먹고 있었습니다.

케이크는 냉장고에 넣어두고 우리는 밥부터 먹었습니다. 그날의 메뉴는 스키야키였습니다. 간장에 부글부글 소고기를 졸이며, 엄마가 한집에 살면서 왜 이렇게 얼굴 보기가 힘드냐고 나를 가볍게 타박했습니다. 엄마는 어딘가 들뜬 표정이었습니다. 내 앞접시를 가져가 더 먹으라며 몇 번이고 고기를 담아주고, 두부와 구운 파와 버섯도 덜어주었습니다. 나는 점점 마음이 불안해졌습니다. 고기를 먹는데 술이 빠질 수 있겠냐며, 엄마가 찬 맥주를 가져왔습니다. 평소 같으면 딱 잘라 거절했을 아이코도 한 잔 받았습니다. 그 모습을 보고 있자니 불안이 더욱 커졌습니다. 눈치를 살피고 있는데, 얼굴이 발

253

갖게 달아올라 흥분한 엄마가 외쳤습니다.

"아, 오랜만에 그거 볼까? 보자!"

엄마가 무릎으로 기어가 서랍장 속에서 오래된 비디오 하나를 꺼냈습니다. 재생이 되려나, 중얼대며 이것저것 누르던 엄마가 짧은 탄식을 뱉었습니다.

"아. 됐다."

화면에 나온 건 울고 있는 아기였습니다. 태어난 지 얼마 안 되었는지 제대로 눈도 뜨지 못한 얼굴이었습니다.

"아하하." 엄마가 리모컨으로 소리를 키웠습니다. "에리카 짱. 이리 와서 봐봐. 엄청 귀여워."

나는 엄마 옆에 쪼그려앉았습니다. 새빨간 아기가 주름진 얼굴을 찡그리고 있었는데 기분이 묘했습니다. 그게 나란 걸 믿을 수 없었어요. 인생을 긴 실로 비유한다면 누가 중간에 뚝하고 자른 걸, 억지로 다시 매듭을 지어놓은 것만 같았습니다. 카메라가 천천히 움직여 옆자리에서 자고 있던 아기를 비췄습니다. 고운 얼굴. 엄마가 저도 모르게 감탄사를 외쳤습니다.

"쇼타야. 아, 지금 봐도 정말 뽀얗고 이쁘다."

나는 고개를 끄덕였습니다. 금과 보석을 다 주고 천국으로 올라간 납덩어리 왕자도 그보다 행복한 미소를 지을 순 없었습니다.

"아니야."

뭐가 아니라는 건지, 묻기도 전에 아이코가 확신에 찬 목소리로 덧붙였습니다.

"저게 아니야. 하얀 쪽이 에리카야."

"정말요?"

아이코가 가만히 화면을 가리켰습니다. 그 순간 비디오가 끊겼습니다. 화면이 잠시 지직대다 다시 이어졌습니다.

"에리카 짱."

화면 밖에서 낯선 목소리가 들렸습니다.

"에리카 짱. 이리 와봐."

아까보다 조금 커진 하얀 아이가 민머리에 리본을 맨 채 화면 가까이 기어왔습니다. 웃음소리가 들리고 굵은 팔뚝이 아이를 번쩍 들어 화면 밖으로 사라지게 했습니다. 아빠. 나는 오랜만에 떠오른 그 말을 삼켰습니다. 이제 카메라는 위아래로 흔들리며 장소를 이동했습니다. 문이 열리고, 빛이 들어오기 시작한 거실에서 두 사람이 엎드려 자고 있었습니다. 하나는 지금보다 머리가 긴 엄마, 다른 하나는 빨간 아이였습니다. "둘이 잔다." 아빠가 속삭였습니다. "에리카 짱. 인사해. 안녕 쇼타. 안녕 엄마." 작게 말했는데, 빨간 아이의 얼굴이 순식간에 일

255

그러졌습니다. 발에 닿은 햇빛이 달궈진 인두라도 되는 것처럼 온몸을 구기며 앙앙 울기 시작했습니다. 젊은 엄마가 놀라 몸을 일으켰습니다. 카메라가 꺼졌고……

검은 화면에 웃음기가 걷힌 엄마의 얼굴이 비쳤습니다. 놀라운 침묵이 우리를 짓눌렀습니다. 숨을 쉬기가 버거웠습니다. 갑자기 모든 일이 끔찍했습니다. 그 모든 걸 잊고도 먹고, 자고, 매일매일을 살아야 했던 우리가. 우리가 사는 이유가 뭔지, 이 끔찍한 반복이 계속되어야 하는 이유가 뭔지 알 수 없었습니다.

우리는 어색하게 둘러앉아 케이크를 먹었습니다. 몇 숟갈 뜨던 엄마는 결국 화장실에 가서 속을 비웠고, 난 부엌에 남아 설거지를 했습니다. 크림이 묻은 접시와 철판 냄비를 박박 문질러 닦아도 마음은 여전히 엉망진창이었습니다. 나는 거실에 있는 아이코를 힐끔 보았습니다. 잠이 든 건지, 깨어 있는 건지. 티브이를 향해 모로 누워 있는 아이코는 미동도 없었습니다. 나는 아이코에게 마음이 쓰였습니다. 일부러 반응을 숨기고 있는 것처럼 지나치게 태연한 모습이 신경쓰였습니다.

나는 조심스레 다가가 티브이를 껐습니다. 평소라면 아직 보는 중이라며 화를 냈을 테지만, 아이코의 두 눈은 고집스럽게 감겨 있었습니다. 모르는 척 담요를 덮어

주다, 불이 꺼진 화면에 비친 우리 둘을 보고 나는 이런 생각을 했습니다.

닮았다. 정말 닮았다. 지금껏 이름을 말하기 전까진 누구도 우리가 친할머니와 친손주 사이라는 걸 의심하지 않았을 정도로. 우리 사이에 흐르는 세월의 강이 무의미할 만큼 닮았다.

혹시 나에게 정말로 아이코의 피가 흐르는 건 아닐까? '영원히 남을 선물'이란 자식이 아니었을까? 하지만 차마 처녀가 임신했다는 말은 할 수 없어서, 다른 친척 집으로 보내 기른 것이 아닐까? 그러다 아주 오랜 시간이 지나고 난 뒤에야 자기 자식을 찾으러 온 건 아닐까?

"할머니." 아이코는 대답하지 않았지만 나는 꿋꿋이 하고 싶은 말을 했습니다.

"할머니, 있잖아. 할아버지가 '영원히 남을 선물'을 줬다고 했지? 그거 어딨어요?"

두 눈을 감은 채로 아이코가 중얼거렸습니다.

"저기 있잖니?"

"거짓말."

"……"

"나는 알아요. 나를 알기 때문에 할머니를 알아요. 우린 닮았으니까. 만약 저게 할아버지가 정말로 할머니를

257

위해 남긴 거라면, 할머니는 절대로 남들 보는 데 안 됐을 거야. 자기만 아는 데 숨겨두고 혼자 봤을 거야. 내 말이 맞죠?"

"……"

"할아버지가 준 건 따로 있었어요."

"……"

"그게 아빠죠?"

"……"

"그게 나죠?"

그 순간 아이코의 얼굴이, 흑백사진 속 처녀처럼 일그러졌습니다. 울음을 터뜨리려나 싶었는데 그의 입에서 픽, 하고 터져 나온 건 비웃음이었습니다.

"에리카. 너 바보니?"

"……"

"내가 그런 추잡스러운 짓을 했을 것 같아?"

끙, 하는 소리와 함께 아이코가 일어났습니다. "난 자야겠다. 너도 헛소리 말고 잠이나 자."

몸이 발발 떨렸습니다. 그 감정이 무엇인지 내가 깨달은 건 아이코가 흰 담요를 질질 끌며 방으로 들어간 다음이었습니다. 아무도 없는데 문이 저 혼자 닫힐 때, 자다가 깼는데 코끝에 누군가의 머리카락이 스치는 것처럼 간지러워 차마 눈을 뜰 수가 없을 때…… 그건 끝없는 구멍으로 빨려 들어갈 것만 같은 공포였습니다.

나는 방에 올라가 노트북을 켰습니다. 레이스, 장미꽃, 나비 등이 모퉁이를 장식하고 있는 조악한 업소 홈페이지에서 반짝반짝 빛나는 '윤'의 이름이 보였습니다. 난 다시 그를 지명했습니다. 곧장 예약 문자가 왔고, 잠시 뒤 모르는 주소로 메일이 왔습니다.

—사쿠라기 상. 윤이에요. 잘 지냈어요? 다시 연락 줘서 고마워요. 가게 메일로는 아무래도 좀 불편해서, 개인 메일로 연락해요. 지난번에 일이 그렇게 되어 못 만나서 아쉬웠어요. 이번에는 꼭 만나요. ^^

메일의 끝에는 웃는 얼굴의 이모티콘이 덧붙여져 있었습니다. 나는 재빠르게 답장을 보냈습니다.

—네, 이번에는 꼭.

약속의 날, 나는 조금 일찍 나와 모텔 앞에서 이 짱을 기다렸습니다. 그칠 듯 말 듯 가는비가 내리고 있었습니다. 마음이 기이할 정도로 차분했던 덕에, 쫓기듯 숨어들었던 곳을 천천히 살필 수 있었습니다. 이제껏 보지 못했는데 자동문 위엔 대충 '유럽풍'이라는 주문을 받고 만든 것 같은, 악취미라고밖에 할 수 없는 조각이 새겨져 있었습니다. 무언가 닮았다는 생각이 들었고, 곧장 깨달았습니다. 〈지옥의 문〉, 로댕의 작품이었습니다.

멀리서 검은 그림자가 나타났습니다. 그는 이쪽을 향해 뚜벅뚜벅 걷다가 나를 발견했는지, 무언가 낭패라는 표정을 지었습니다. 그가 모르는 척할 것 같아 내가 먼저 인사했습니다.

"안녕하세요." 고개를 숙이자 이 짱이 평소보다 묘하게 큰 소리로 외쳤습니다.

"아, 니카이도 상. 안녕하세요. 여긴 어쩐 일이세요?" 그는 내게 질문을 던져놓고 자기가 먼저 웅얼거렸습니다. "저는 근처에서 잠깐, 아는 사람 만나기로 해서."

"저도예요."

"그렇군요."

"저도 아는 사람 만나기로 했어요."

얼굴을 빤히 바라보자 이 짱이 미간을 찌푸리곤 천천히 입을 열었습니다.

"혹시…… 사쿠라기 상?"

나는 고개를 끄덕였습니다. 이 짱이 한숨을 쉬었습니다.

"알면서 그런 거예요?"

"네."

"왜요?"

그게 무슨 바보 같은 질문인지. 나는 그냥 웃고 말았습니다. 그러나 이 짱은 다시 물었습니다.

"왜요?"

다시 보니 뺨이 파들파들 떨리고 있어, 나는 깜짝 놀랐습니다. 그게 화낼 일인가? 화낼 일일까요? 다른 여자들은 되는데. 왜 나는? 순수한 궁금증이 들어 물으려는데 이 짱이 나를 밀듯 모텔 안으로 넣었습니다. 됐어요. 들어가요. 갑자기 바뀐 태도에 어리둥절했습니다. 편의점 사람이라도 있나 궁금해 뒤를 슬쩍 돌아보니, 쓰레기를 버리러 나온 카페 직원만 있을 뿐 거리엔 아무도 없었습니다.

자기가 나를 데리고 들어와놓고 이 짱은 어딘지 화가 난 표정이었습니다. 내게 묻지도 않고 자기 멋대로 방을 고르더니 카드키를 받아 성큼성큼 앞서 걸었습니다. 난 그 그림자도 밟지 못할 거리에서 조용히 뒤따랐습니다.

침대 앞에 선 이 짱이 허리에 손을 짚고 나를 보았습니다.

"이 짱은요?"

"난 안 벗어요."

"왜요?"

"됐으니까. 그냥 씻고 나와요."

그러나 이 짱은 막상 씻고 나온 나를 한참 내려다보더니 한숨을 푹 쉬고 뒤돌아 앉았습니다.

"왜요? 내가 싫어요?"

"그런 게 아녜요. 그냥……"

이 짱이 다시 내 쪽으로 돌아앉았습니다.

"저기요, 니카이도 상. 미안해요. 돈 안 받을 테니까, 오늘은 그냥 가는 게 좋겠어요."

"왜요?"

그 말 한마디를 했을 뿐인데 눈물이 훅하고 차올랐습니다.

"내가 그렇게 별로예요?"

이 짱이 짜증이 난 것도, 달래는 것도 아닌 투로 말했습니다.

"그런 게 아니라요."

"타무라랑은 했으면서."

"예?" 이 짱이 어리둥절한 표정을 지었습니다. "그게 누구예요?"

또 이러지. 입에서 비죽비죽 웃음이 새어 나왔습니다. 너는 매번 그러지. 타무라는 되고 나는 안 되고. 왜?

왜 안 되는 거야?

왜?

왜? 왜? 왜? 왜?

왜? 왜? 왜? 왜? 왜? 왜? 왜? 왜? 왜?

왜?

정신을 차리고 나니 머리통이 온통 불타는 듯했고 목에서 피맛이 났습니다. 이 짱은 없고 무슨 일을 한 건지 방안이 엉망진창이 되어 있었습니다. 찢어진 지폐를 주으려고 손을 뻗으니 피가 흐르고 있었습니다. 무언가 축축하다 싶었는데, 나도 모르는 새 다친 것 같았어요. 때마침 전화가 울려 나는 도망치듯 밖으로 나갔습니다. 어느새 비는 그쳐 있었고 무서울 정도로 진한 노을이 건물을 집어삼키고 있었습니다.

며칠 뒤 출근했더니 사무실에서 점장과 매니저가 새 아르바이트생 면접을 보고 있었습니다. 직원이 자주 바뀌는 편인 데다, 어차피 나랑은 상관없으니 신경 안 쓰고 일을 하는데 T상이 생각난 듯 말했습니다.

"니카이도 상. 다음주에 회식 가?"

"회식이요?"

"아, 아직 못 들었구나. 새로 온 사람도 있고, 그만두는 사람도 있어서 주말에 한다는데."

"그렇군요."

대꾸만 하고 하던 일로 돌아갔습니다. T상이 중얼거
렸습니다.

"아쉽다. 이 짱, 싹싹해서 좋았는데."

그게 무슨 말인지 파악하는 데는 약간 시간이 걸렸습
니다.

"이 짱이요?"

"응."

"왜요?"

"글쎄? 나도 모르지. 그냥 그만둔다니까 그만두는 구
나 하는 거지."

때마침 점장과 매니저가 사무실에서 나왔습니다. 나
는 T상을 내버려두고 걸어가 점장을 붙잡았습니다. 당
황한 표정의 그가 나에게 뭐라 하기 전에 먼저 입을 열
었습니다. "저, 이 짱이 그만두나요?"

잠시 버벅대던 점장이 되물었습니다.

"이 짱이요?"

"네. 환송회도 한다던데."

멍청하게 묻곤 답을 기다리는데, 점장이 매니저를 쳐
다보았습니다.

"니카이도 상한테 말 안 했어요?"

매니저가 어색하게 고개를 끄덕였습니다. "깜빡했네

요. 요즘 좀 정신이 없어서……"

　그날 회식에선 이 짱과 한마디도 나눌 수 없었습니다. 내가 할 수 있는 거라곤 술을 홀짝이며 옆모습을 훔쳐보거나, 주정뱅이의 말소리에 뒤섞인 웃음소리에 귀기울이는 것뿐이었습니다. 나는 거기서 희미한 울음소리를 들었습니다. 자욱한 담배 연기가 이 짱을 베일처럼 감싸는 모습은 아름답고 슬펐습니다. 오래 보고 있으니 가슴이 미어져 나는 참지 못하고 전화를 한다는 핑계로 자리를 박차고 나왔습니다.

　찬 공기를 마시며 벽에 기대어 서 있는데 문득 담배 냄새가 밀려오더니 술에 취한 목소리가 들렸습니다. 걘 여기 왜 왔대? 몰랐어? 왜 이 상 좋아하잖아. 아, 어쩐지. 계속 쳐다보더라니까. 징그럽게. 그치? 끈질긴 녀석이야…… 낄낄대던 남자애들이 다시 안으로 들어가고 나는 그 자리에 남아 하늘을 올려다보았습니다. 별이 많았다면 좋았을 텐데. 보이는 건 검은 하늘과 그 위를 가로지르는 네온사인뿐이었습니다. 인공의 불빛을 온몸으로 받으며, 분홍색 파란색 노란색으로 물든 채 지나가는 사람들은 모두 행복하고도 강인해 보였습니다. 술자리가 끝나고 집 앞까지 따라갔지만 이 짱과는 끝내 말 한

마디 나눌 수 없었습니다.

그후로는 시간이 어떻게 흘렀는지 모르겠습니다. 몇
분은 길고 며칠은 짧았습니다. 그 변덕스러운 시간 속에
서도 이 짱은 내게 계속 달라붙어 있었습니다. 쇼타와
이 짱. 그리워하는 무게가 늘어난 걸 견디지 못해 일을
그만두게 되었습니다. 마지막으로 받은 급료는 내가 한
때 봉투에 담아 이 짱에게 건넨 것처럼 정확히 3만 엔
이었습니다. 나는 그걸 서랍에 넣고 다신 열지 않았습
니다.

나는 어두운 복도에 서 있었습니다. 또다시 같은 꿈이
구나 싶었는데 무언가 이상했습니다. 말로 표현하기 어
려운 냄새들이 뒤엉켜 나를 덮쳤습니다. 곰팡이 냄새,
카펫에 밴 담배 냄새, 그 모든 걸 억지로 덮으려 애쓰는
페브리즈 냄새. 돌아보니 유리창 너머로 비에 번진 네온
사인이 물그림자와 일렁이고 있었습니다. 내게서 떨어
지는 물로 바닥이 젖었습니다. 어둠 때문에 검은 물자국
이 꼭 피처럼 보였습니다. 나는 비상구 표시를 향해 걸
어갔습니다. 벌컥 문을 열자 그 안에 있던 사람이 나를
보았습니다. 배에 칼을 맞은 사람이 바닥으로 미끄러지
듯 쓰러졌습니다. 나는 그를 끌어안았습니다. 떨리는 손

으로 머리카락을 넘기자 얼굴이 드러났습니다.

온 세상이 희었다, 다시 캄캄해졌습니다. 잠시 뒤 땅이 무너져라 천둥소리가 들렸습니다. 잠에서 깼지만 여전히 내 몸은 젖어 있었고, 코엔 여러 냄새가 맴돌았습니다. 내가 본 게 꿈이 아니라 미래라는 걸 알 정도로 선명한 냄새였습니다.

잠이 깼는지 불이 꺼진 거실에선 아이코가 티브이를 보고 있었습니다. 어부가 거대한 참치를 잡아 올리는 걸 보며 아이코는 끊임없이 중얼거렸습니다. 아 더럽다 저런 똥물에서 헤엄치는 걸 먹다니 더러워. 머릿속에 아이코의 말이 지나갔습니다. 내가 그런, 추잡스러운 짓을 했을 것 같아?

안녕, 아이코. 나는 마음속으로 조심스럽게 인사했습니다. 할머니랑 나는 달라요. 에리카? 등뒤에서 아이코의 목소리가 들렸지만 나는 뒤돌아보지 않았습니다. 문을 닫고, 미끄러지듯 정원을 내달려 젖은 거리로 나왔습니다.

그렇게 달린 건 초등학교 때 이후 처음이었습니다. 심장이 터질 것처럼 아팠습니다. 목 깊은 곳에서부터 피맛이 났지만 멈추지 않고 달렸습니다. 머릿속이 엉망이었지만 단 하나 확실한 게 있었습니다. 이렇게 지독하게 끔찍한 내가 나라는 것. 사람들이 믿지 않아도 일어날 일은 일어난다는 것.

모텔 앞에 도착했습니다. 그 앞에 서자 세상에 나 혼자만 남겨진 것처럼 조용했습니다. 나는 피맛이 나는 침을 바닥에 뱉었습니다. 몸이 떨리는 건 두려움이 아닌 비 때문이었습니다.

나는 안으로 들어갔습니다. 밤의 모텔은 어두운 조명 탓에 마치 내 꿈 안으로 걸어 들어온 듯했습니다. 나는 비상구를 통해 계단을 올라갔습니다. 하나, 둘. 천천히 올라가 검붉은빛의 싸구려 카펫을 밟자 익숙한 복도가 나왔습니다. 나는 그 끝을 향해 천천히 다가갔습니다. 열린 문 틈 사이로 두 사람이 말다툼하는 소리가 새어 나왔습니다. 꿈에서 본 여자는 칼을 손에 쥔 채 흥분해서 울고 있었습니다. 눈에 초점이 어디로 가 있는지도 알 수 없었습니다. 여자가 칼을 휘둘렀습니다. 별다른 위협이 되지 않을 정도로 힘 빠진 동작이었지만 칼은 점점 이 짱과 가까워졌습니다. 나는 문을 열고 들어갔습니다. 이 짱이 놀라 나를 돌아보았습니다.

창을 때린 거대한 물방울이 주르륵 미끄러져 내려갔습니다. 여자가 비명도 없이 쓰러졌습니다. 놀라 기절한 것 같았지요. 무언가 축축하다 싶어 봤더니 손에 쥔 식칼을 타고 흐른 피가 바닥에 떨어지고 있었습니다. 나는 칼에서 손을 뗐습니다. 그러나 칼은 여전히 이 짱의 등에 박혀 있었습니다. 나는 그걸 뽑아 같은 자리를 다시 찔렀습니다.

이 짱이 바닥으로 쓰러졌습니다. 그를 품에 안자 내 눈앞도 흐리게 번졌습니다. 일그러진 시야 너머로 보이는 이 짱의 얼굴은 막 뱃속에서 미끄러져 나온 아이처럼 구깃구깃. 아직 첫울음도 터뜨리지 못한 것처럼 순결했습니다. 나는 이 짱의 뺨에 손을 얹었습니다. 그의 뺨은 확실하게, 아주 확실하게 따뜻했습니다. 그가 입을 열었습니다. 쌕쌕 숨이 새어 나오는 소리만 들렸지만 무얼 말하는지 분명하게 알았습니다.

"왜?"

내 대답은 하나뿐이었습니다. 일어날 일이었으니까. 어차피 일어날 일이라면 내 손으로 하는 게 나으니까요.

"괜찮아. 아프지 않아. 금방 끝나."

나는 동그란 머리를 쓰다듬었습니다. 창밖에서 흰 번개가 내리쳤습니다. 그 빛에 손바닥 안으로 파고들어간 칼날이 눈에 들어왔습니다. 핥아보니 짜고 쓰라렸습니다. 두 사람의 피가 같은 맛이라는 게 나를 감동시켰습니다. 사랑의 맛이었습니다.

나는 이 짱을 업고 지옥의 문 밖으로 뚜벅뚜벅 걸어나 갔습니다.

*

눈을 뜨자 멀리 바다가 보였습니다. 살짝 열린 창으로 소금기 섞인 바람이 들어왔습니다. 카스테레오에선 소리 죽인 음악이 새어 나왔습니다. 몸에는 누군가 벗어준 외투가 덮여 있었습니다. 내가 잠든 사이 이곳에 데려온 것 같았어요.

나는 차에서 내렸습니다. 파도가 절벽에 살을 부딪히는 소리가 귀를 먹먹하게 울렸습니다. 바닷바람이 강해 팔에 오스스 소름이 돋았습니다. 나는 외투를 여미고 절벽 끝까지 갔어요. 누군가 거기 서서 몰아치는 파도를 보고 있었지요. 그가 고개를 돌렸습니다.

"여긴 어디예요?"

"기억 안 나?"

갑작스러운 반말에 내가 어리둥절해 있는데 이 짱이 말했습니다.

"나중에 같이 가자고 했잖아."

그 장난스러운 눈을 보다 나는 무언가 깨달았습니다.

"쇼타. 쇼타구나."

"에리. 이제야 만나."

나는 쇼타의 품에 얼굴을 묻었습니다. 꼭 맞는 조각처럼 쇼타에게 안겨 절대로, 절대로 이 팔을 놓지 않겠다고 다짐했습니다.

이것이 이야기의 결말입니다. 이곳엔 우리 둘뿐, 그 외엔 아무도 없지만 외롭지는 않습니다. 우리는 아이도 만들지 않기로 했습니다. 생리적인 문제도, 도덕과 윤리의 문제도 아닙니다. 남매가 아이를 낳고 모자가 아이를 낳고 부녀가 아이를 낳고 여자가 낳고 남자가 낳고 단둘이서 시작한 사람들이 늘어나 이 지구를 만들었다는 건 다들 잘 알고 있으니까요.

우리는 그저 시작하지 않기로 했을 뿐입니다. 그들은 부족했던 겁니다. 그들이 뭐가 됐든 신이든 사랑받는 신의 아이든 우주선에 탄 사람들이든 지구 최후 최후의 날에 살아남은 둘이든 둘로는 충분하지 않았으니까 셋이 되어보자, 넷이 되어보자 하고 점점 늘어났던 겁니다. 하지만 우리는 그럴 필요가 없어요. 우리 둘은 서로의 반쪽이고 둘로써 완결이 되기 때문에.

이곳에 온 뒤로 나는 단 한 번 꿈을 꾸었습니다. 섬이 가라앉고 산호가 죽고 고래 피가 흐르고 산 돼지를 묻고 우라늄을 먹고 마시면서 나이든 내가 살아가는…… 끔찍한 꿈이었습니다. 눈을 뜨자 쇼타가 얼음 같은 미소를 짓고 있었습니다. 그 눈이 내게 묻고 있었습니다. 무슨 꿈이라도 꾼 거야? 나는 작게 미소를 지었습니다. 아무것도 아니라고, 단지 깨어나서 기쁠 뿐이라고요.

작가의 말

'탐정 이야기'는 야쿠시마루 히로코 주연의 영화, '여름'은 사이하테 타히의 시, '또 하나의 신화'는 시미즈 레이코의 단편 만화에서 따온 제목입니다. 이름 짓다가 어려워서 그냥 훔쳐 왔습니다. 반성하고(실은 안 하지만), 다음엔 스스로 멋진 제목을 지어보도록 하겠습니다.

길었던 재활 과정을 지켜봐준 H에게.

이런 말 쓰지 말라고 했지만 당신에게 고맙다는 말을 빼고는 할말이 없어요. 매번 하지만 또 하겠습니다. 정말 정말 고마워. 덕분에 쓸 수 있었어요. 고맙습니다. 정말 고마워요.

2021년 봄

이희주

스위밍꿀 소설

사랑의 세계

© 이희주 2021

초판인쇄 2021년 5월 5일   **초판발행** 2021년 5월 20일

지은이   이희주
펴낸이   황예인
편집   황예인, 김지인
디자인   함익례

펴낸곳   스위밍꿀
출판등록   2016년 12월 7일 제2016-000342호
주소   서울특별시 마포구 양화로 58
연락처   swimmingkul@gmail.com
ISBN   979-11-960744-4-9 03810